清河梦羊录

QINGHE MENGYANGLU

石倬之 / 文
华雨祺 / 图

时代出版传媒股份有限公司
安徽文艺出版社

图书在版编目（CIP）数据

清河梦羊录/石倦之著.--合肥：安徽文艺出版社,2022.1
ISBN 978-7-5396-7172-7

Ⅰ.①清… Ⅱ.①石… Ⅲ.①长篇小说－中国－当代 Ⅳ.①I247.5

中国版本图书馆CIP数据核字(2021)第035035号

出 版 人：姚 巍
责任编辑：何 健 姚爱云 装帧设计：徐 松 徐 睿

出版发行：时代出版传媒股份有限公司 www.press-mart.com
　　　　　安徽文艺出版社　　www.awpub.com
地　　址：合肥市翡翠路1118号　邮政编码：230071
营 销 部：(0551)63533889
印　　制：安徽新航向印刷有限公司　(0551)65661327

开本：880×1230　1/32　印张：7.25　字数：180千字
版次：2022年1月第1版
印次：2022年1月第1次印刷
定价：58.00元

(如发现印装质量问题，影响阅读，请与出版社联系调换)

版权所有，侵权必究

目 录

第一回
清河庄草堂斗诗会　放羊倌奇缘结太公 / 001

第二回
茶博士贬罚打杂役　阔酒楼挑匾颍州城 / 035

第三回
金竹扇斯文豪夺利　张酒师呕血恨霸王 / 053

第四回
费二郎西市惹祸端　穷伙计月下问真章 / 069

第五回
好酒楼冷清难度日　雨读阁相逢大国师 / 085

第六回
西湖畔初登书院门　贾主户提亲闭门羹 / 097

第七回
忆往事结怨贤月楼　后花园重逢蛤蟆鼓 / 111

第八回
郡王爷赶赴食厨会　第一楼落匾到宋街 / 127

第九回
欧阳公驾鹤魂游去　万东家再议女儿亲 / 151

第十回
方童子月夜送冬衣　万小梨西市瞧俊郎 / 165

第十一回
老铁匠怒锤好姻缘　姚员外新居喜提亲 / 181

第十二回
吕知州旧录惊少年　城门官明刀挡花檐 / 195

第十三回
无功人受赏大功臣　清河夜尽唱清河声 / 213

第一回 清河庄草堂斗诗会 放羊倌奇缘结太公

清河梦羊录

第一回　清河庄草堂斗诗会　放羊倌奇缘结太公

元祐八年的寒冬，颍州城街头巷尾都在议论汴梁来的消息。太后崩逝，皇帝亲政，宣召章惇回朝为相，凡被太后及司马光旧党所废止的新法如数恢复，被贬黜流放的新党官员陆续回京任职，大有复推革新之势。从汴梁回来的人言称章宰相博学清傲，铁腕风骨，不但将朝中依附太后的迂腐奸臣尽数逐斥，还上书奏请掘开司马光、吕公著等已逝者的坟墓，劈开棺材，晾晒尸首，以示变法决心。但官家念及朝廷颜面，没有答应，令章宰相恨不能平，也令朝中曾对新法有过质疑的人心惊胆战。腊月刚到，城门便张贴了官府的告示，已废多年的青苗法果然复行，年号也改叫绍圣了。

颍州距汴梁并不遥远，我竟然才知道吕公已薨逝五年。自熙宁八年一别后，竟有二十年未再相见。如今想起，仍是心如刀绞。我感念吕公待我醇厚，无处寄托哀思，只好带了陈酿的桂花酒去西郊三十里外找孙公对饮。他早已辞官归田，每日耕读修行，六十一岁仍能登山赏景，连花甲大寿都快活得忘了。提及吕公薨逝，孙公放声痛哭，久不能停，我也跟着垂泪入盏，混着酒汤，喝起来难以下咽。孙公从内室取出吕公生前捎来的信读与我听，字字句句如浮光玄影，止不住勾起诸多往事。听到其中有一句"若你也心有愧意，可将实情告知王善，若非有托在身，不使虚瞒之也"，我问孙公："这王善说的是我吗？"孙公道："正是，若不是你来找我谈起吕公，这信我多半是要带进棺材的。"

第二日，我便有了南下的打算，但凡听我说到此事的人，无一不反对。世道不太平，山贼盗寇频出，举兵造反的也不在少数。而江州路途遥远，水路旱路交替，翻山越岭，不知几日才能抵达。就算平安到了江州，时隔二十年，活着已然不易，想活着遇见简直比登天还难。费二郎说："就算找到了，你又能如何呢？"我叹然，想当初，吕公要孙公一起来瞒我，也是这样说的。

"就算找到了，他又能如何呢？"

我将田宅、店铺、买卖尽数托付给费二郎，带上盘缠，换上粗麻的衣物，挑选了几个强壮的家丁，假扮成行路的贩子，乘船沿清河南去。我深知这一路吉凶未卜，很可能无功而返，旁人甚是不解，连州府官家都登门问询。但我不以为然，浮生过半，能让我牵挂之事，也不多了。

清河水缓，船行宽阔，两岸风光绝美，正是春意盎然之季。这样的景致对我而言是再熟悉不过。日复一日，春复一年，我从清河而生，又沿清河而去。恍惚之间，三十年岁月如溪沙流光，一梦日月，一梦人间。

三十年前，我刚九岁，平日里大多数时间都是趴在蛤蟆鼓上。如今我离开颍州南下，还途经和它相遇的地方，此时它早已不在那个河湾旁，河边只剩下密集的芦苇。我趴在蛤蟆鼓上的那些年里，清河的河道尚窄，长不出许多芦苇，也听不到几声蛤蟆叫唤。

据费二郎所说，那时我虽然年幼，却天生神力。起初我还要用双肘撑起上身，眼珠子朝左右转转，望见有白色成团的影子，才能卸下力气，像一张锦被舒展开，继续伏在蛤蟆鼓上。没过几个月，我便不必如此辛苦，只需要靠耳朵和鼻子，甚至靠做梦时恍惚的念力让魂魄在周遭走一圈，便能准确知道那几只白团子在什么位置。这种本事是很少见的，至少在清河庄无人能与我媲美，当然也没有人真来与我比试，只是费二郎如此说说而已。那年他十六岁，家里理应从未有过锦被这种东西，若是说我像一张卷尸的草席摊开贴在蛤蟆鼓上，似乎要更真一些。

平日里，清河滩就是我的地盘，除了那几只白团子，还有天上的麻雀、蚊子，地上的螃蟹、田螺，草里的蜈蚣、蚂蚱，树上的蝉虫、野鼠，很少有活物到此。清河那几年雨水不多，从颍州南下的客船难得一见，焦陂的酒酿也多绕路从官道运去东京。虽说我最终也是乘船而下，但那时的我对船舶没什么兴趣，船上的人要么呕吐不止如同得了重病，要么像根柱子杵在船头一动不动。这世上一动不动的，除了吃草时突然下雨的白团子，就只有屁股底下的蛤蟆鼓了。

蛤蟆鼓是我童年时得意的作品，它本是一块石头。再往前数两年，庄里费铁匠的大儿媳妇早产，产婆赵氏从颍州城赶过来，半路被打雷吓得腿软，说什么都不敢再走了。费二郎急得指着老天大骂，说赵婆子一辈子接生无数，积德积福，颍州城多少香火得以延续都是赵婆子的功劳。眼看嫂嫂性命垂危，凭什么打雷吓唬我们行善救命之人。说罢一道惊雷齐刷刷劈开天边的黑云，四野之下鬼哭狼嚎幽鸣不绝。赵婆子哇的一声哭喊出来，跪在地上一个劲地磕头，大呼老天爷饶命，俺也不想害胡家小姐的千金一出生就断了胳膊，那都是她夫家公婆逼俺的呀。俺今年就只干过这一件缺德事，其他的几条人命俺也不记得的，总之都不怪俺，俺也是言出必行，童叟无欺呀……费二郎一时语塞，眼看赵婆子颤颤巍巍准备逃回颖州城，费二郎伸手抓住她胳膊肘，一个倒拔葱把赵婆子扛在肩上，顶着雷雨一路狂奔回清河庄。等到二人水癞子一般瘫倒在费家门口，费铁匠的儿媳已经自己生产完了。后来赵婆子是如何回到颖州城的，她向老天爷忏悔的事情是真是假，费家老小对外人都没有说过，倒是费二郎自幼为爹拉风箱，练得惊人臂力，能扛着大活人奔走不歇的传闻引来不少前来打听的媒婆。

  费铁匠家生孩子和我并没有什么关系，只是因为那天的雷雨足足下了一整夜加半日，把那块石头上的泥土冲个干净。我嫌地上泥水未干，足足用了一个时辰把石头上的杂草拔光，好让自己有个能坐的地方。这块石头有三丈余宽，五六尺高，蹲在河滩岸上，像只生气的蛤蟆。我就以此为坐骑，每日从清河庄出门，沿途捡一把石子，撒完尿就躺在蛤蟆鼓上，睡醒了就扔石子打发时间。清河滩野草遍布，白团子们把此地当作乐园，吃饱了就围着蛤蟆鼓打闹，打赢了叫唤，打输了也叫唤。那些年我最多的时候放过十余只，一天下来很是疲累。后来数量少了，三只的日子最多，打闹起来不成片，反倒比多的时候吵。就像夏天树上的蝉鸣，虽然声大，但蝉一叫起来就持续不停，严丝合缝有规律，睡觉的人听习惯了就不觉得打扰。而像那天，我刚刚睡到迷糊，突然耳边"咩"的一声，恨得我牙痒痒，抓起石子就朝叫声处扔出去，却又引来几声叫声。

  这几只白团子虽然瘦小，却是清河庄主户贾大官人的心头肉。费二郎后来说，他听说贾主户每夜必得躺在羊毛制成的毡子上，怀抱羊蹄子才能入眠。若是白日里消闲，晚上抱一两个即可；若是白日里辛苦劳累，晚上就得抱上三五个轮番把玩。玩到高兴处，贾主户还会说起梦话，多半是表达对怀中之物的喜爱，比如"你个小羊蹄子""快让我多摸摸""你可比那小羊羔还要软乎"之类。而这些本应拿去辟邪的腥臭蹄子，竟被贾主户的柔情所感化，也会发出如年轻女子吟笑的声音，想必是精诚所至，羊蹄报恩。那时的我还不懂得这些，不求羊蹄成精，但求这三只白羊乖乖在蛤蟆鼓附近吃草，不在我耳旁乱叫唤就足矣。

  那天暑气正盛，纵是有清河的水汽在旁，我仍觉得炎热难忍。卢家婆婆给的破草帽，洞大如碗口，站着遮不住头顶，躺着盖不住脸面。我热得心烦，想找些大片树叶垫在蛤蟆鼓上，四下里却只有柳树和野草。实在没法，我只好脱得上身一丝不挂，把衣裳顶在头上，对脚下的三只羊嚷道："尔等白毛畜生，抬头看天，低头吃草，不学无术，日后只能去暖人被窝。今日老夫做尔等先生，教尔等……教尔等作诗，尔等看如何啊？"以我当时的年纪，应当说不出这种文绉绉的话，但后来薛先生对我说，他私下听少师说过同样的话，因我天资聪颖，只在学堂旁听了几日，便不再有乡野村夫的口音，开蒙了之乎者也。我嚷了几句后，朝蛤蟆鼓后的河滩狠狠吐了口口水，自言自语道："学堂薛老头如此说话果然恶心，怪不得与费老爹同岁但头发都白了，想必是怕人偷听他打呼噜，连觉也不睡了。难道读了书的人就会变得如此怪异，平常说话也得找个脸盆挨个收钱才开口不成？我不过是在墙角听他几句，他就将我拉到馆里训斥，说我无父无母，学鸡鸣狗盗，不配听他教的圣贤之道。呸呸呸，不听就不听，待来日你听我大角叫唤，我也得收你三文钱才是。"薛先生复述起这些话时，就如同亲身经历一般，丝毫不像是二十年前听旁人所说的三十年前之事，果然是通儒的大家先生。

大角是三只白羊中最大的一只，头上两只羊角已经开始打弯，冒出黝黑的亮色。那时大角可能还蹲在树丛的阴凉处，望着蛤蟆鼓上神婆一般的我。我又嚷道："咳咳，尔等白毛畜生，今日让你们当个读书人，尝尝是做人快活，还是做羊舒坦。刚才我说教什么来着？作诗。对了，不就是作诗吗？那薛老头作得，我怎么就作不得？尔等听好了。"我翻身从蛤蟆鼓上站起来，在石头上来回踱步，"作何诗呢？我见薛老头念诗时都要晃脑袋，不知管不管用。"于是我又取下头顶上的衣裳，弯腰后仰，借着腰力让脑袋晃着大圈，没晃几下便眼冒金星，我心里想："这作诗也不是好作的，今天莫不是要让畜生耻笑？都怪自己热昏头了。"

巧的是一阵凉风从河面刮来，吹得人心脾俱爽。我抬眼看见河滩上一只老鳖在挖洞，心里一动，又腰站直，对羊群大声说道："有了，听老夫的。一条大河北边来，乌龟王八游成排。水里且看你蹦跶，下锅盖上试新柴。"说完我怕自己忘了，又在心里默念了两遍。幸亏我当时默念了两遍，所以直到我会写字了还没有忘记，后来把这诗刻在卢家婆婆的墙上，一直留到了今天。

我当时得意不已，冲羊群喝道："尔等听了，还不磕头拜见，难不成还想听我再作一首？"大角"咩"地叫了一声，其他两只开始低头吃草。我心想："我在学堂偷听的时候，薛老头一念诗我就觉得肚子饿，看来读书就是让人饿肚子的。不知是否读得越多饿得越快，要是碰上打仗，派一队读书人在阵前念诗，敌军一听就饿得没力气，岂不是胜得简单？看来读读书用来防身也是好事，万一遇上山贼强盗，只要没把我嘴堵住，我把乌龟王八诗背上十遍，他们也就瘫了吧。"我年幼无知，才会想到把读书人放在战场委以重任，想不到不出数年，倒真像是成了军政大计。

我紧皱眉头，思来想去，想不出既能放羊又能学作诗的法子。我叹了口气，继续做羊先生。"好吧，尔等勤思好学，老夫就再作一首。"我跳下蛤蟆鼓，躲在石头阴凉处，又叉腰站直，环顾四周，看着岸边垂柳念道，"咳咳，听好了。此处一棵大柳树，不开花来不让路。扎你一刀疼不疼？明天结个聚宝盆。"说罢，也是一样默念几遍，觉得已经记牢了，才仰天大叫，"可惜，可惜，薛老头有眼无珠，只见得我放羊，不见得我作诗。"

薛先生在追溯往事时表示，那年的我对他不甚尊敬，但他并不在意，一笑而过。我也以年幼懵懂为由，举杯谢罪。随后薛先生又提起我在学堂学礼，方懂尊师重道的事，我便又心中愧疚，只能命家丁捧出金珠一颗赠予薛先生，才让我有些许释怀。子曰"温故而知新，可以为师矣"，而薛先生本就是我的启蒙之师，时隔三十年再温往事，便是让我再知礼也。有师如此，实乃幸事。

若不是那之后的遭遇，即便我每日在清河滩上作诗百首，也不过是陪畜生逗闷而已。我记得当时耳后传来一个人的说话声："甚好，

清河梦羊录

甚好，难得你这小羊倌，也有心吟诗作对。"我转头望去，只见蛤蟆鼓背后走出一个人来。他年约半百，白发纶巾，身穿素布凉衫，挂一根黑木拐杖。此人面带倦色，汗湿衫襟，拐杖和鞋子粘了许多泥土，一看就是远脚的行人，只是不似平日里运货的贩子年轻。我见他面生，问道："你是何人？来此有何事？"

那人说："我行路渴了，待我先喝口水，再来与你讨教。"说罢把拐杖靠在蛤蟆鼓上，提起衫脚，蹒跚着到清河边蹲下掬水喝。清河水流到这个地方是个大弯，流速缓和了许多，河岸有几个打弯的小水塘。平日里我在蛤蟆鼓上把这些小水塘分了门类，那人要去喝水的水塘在下游，是我撒尿的地方。我就对他喊道："丈人，你那样喝水，口渴是解了，却将别人的屎尿也一并喝下肚去。"他一听，慌忙泼了手中河水，回头道："这河水清澈见底，哪有什么屎尿？"我就告诉他，这边河湾上的小水塘，往上走是洗菜用的，中间是洗衣用的，往下走就是倒屎倒尿的地方。他听了，对我拱手道："多谢提点，那我去上游喝水解渴，应当无碍。"

从我记事起便在庄中放羊，起初管事的让我在羊圈里玩耍，偶尔也带我去后庄的羊场，见我能跑能跳也不惧怕公羊了，就分我几只羊羔命我出庄放羊。管事的倒也经常夸我不惹祸，却从未有人对我说谢谢。我叫住那人："我那庄里种米种菜，浇的也是屎尿，你去喝了也是一样腌臜。"那人听了，反倒笑起来，也不往前走了，又蹲下掬水道："既是如此，喝哪里的水都是一样，我也不用去上游了。出行不便，无须讲究这些，多谢小哥好意。"我只是动动嘴提醒他两句，他便对我谢了又谢，若是他真喝了河中的水，日后我每回撒尿都不得轻松。于是我又大声喊道："我这有干净水，你要口渴，拿去喝吧。"

蛤蟆鼓下的石头缝里有我一个兜子，里头是个空心圆球，是贾主户回庄里盘账，路过羊场丢给我的，说是外头来的宝贝。庄里童木匠见了，做了个木塞给我，堵住圆球头上的孔，便能用来装水带在身边。我将兜子递与那人，他捧出圆球打量一番，笑道："此乃椰实，长于南方，皮如棕，坚如硬木，内有凝脂玉浆，甘甜消暑。坊间多用其壳做水瓢酒器，你这小羊倌如何得着？做水囊倒是闻所未闻。"听了这话我才想起，起初用这圆球装水，的确有些甘甜味道，渐渐便淡了，原来是内有南方的果实。那人喝完了水，将壶交还与我，也学我盘腿坐在蛤蟆鼓上，问道："如此炎热，你为何愿将水送给我喝？"

我对他说："卢家婆婆见我被日头晒得黢黑，从柴房扒出这顶草帽给我，说是与我有缘。我今日头一回作诗，就被你听着了，那也是有缘。我只有这三只羊，一壶水，还有身上的衣裳。三只羊是贾主户的，不能给你；衣裳我只有这一身，也不能给你。水倒可以，只是这水给你喝了，今日我便没水喝了，你喝完之后我便要回庄里去，管事的见我这么早就回，必定要责怪我不好好放羊，被他骂上两句，也是常有的事。"

他又问道："你叫什么？多大了？爹娘呢？"

在之后的许多年里，我曾问过不少孩子"你叫什么？多大了？爹娘呢？"，所得到的回应，无一不令人扼腕叹息。想来这世上，最难令人快活回答的问题便是如此，知道自己姓什么叫什么，知道自己的生辰时日，知道自己父母在何处，那便是知道自己是谁，要去哪里。假如我当时也明白这个道理，便应当痛哭流涕，极尽凄惨之言状以博取怜悯，再乞求他带我去东京做个家仆，想来现在也将大不同于今日。但我生来就不曾体会过所谓身世的重要，数十年来也都是在拼凑我记事之前曾发生过的事情。

据我在庄里听人说过的闲话，加上在颍州时听贾主户和他儿子贾小爷讲的话，我那年应该是九岁。只是应该而已，因为庄里人时常拿我打趣。三十九年前，贾主户刚刚发迹，很多人还在叫他的本名贾运。因庄里旧宅翻新，贾主户请了一个远方的亲戚来打理，庄里人都叫她贾姑母。有一日贾姑母在河边洗衣，几条鲤鱼推着个木盆到她跟前，盆里有个婴儿，那就是我。贾主户知道后说这是清河龙王派鲤鱼送来的吉祥，必须养在庄里，才得保佑羊泰民康。贾姑母便将我收养在她住的偏房中，每日"鲤儿""鲤儿"地唤我。没过几年，贾姑母得了腿疾，下不得床，也做不了事，后来被她儿子接走，再没见过。贾主户不久也搬去了颍州城居住，指派了叫徐松的管家来打理庄中事务，无人管我，管家便叫我放羊。庄里的孩子唤我"混儿"，恐怕也是听家中长辈说我是混饭吃的闲人。从那时起，我便算是姓鲤名混儿的闲人，不算是龙王的使者了。

徐管家常叫我出庄去放羊，白日里不要在庄里晃荡。费二郎说是怕我游手好闲给他惹祸，比如谁家丢了东西，自然先怀疑是我所偷。只要我不在庄里，仿佛人人都松了口气。后来徐管家找我解释过，他是不舍得我受冤屈，就算是天塌了，他也是不相信我会偷东西的，所以才让我一早就出庄去，到日落时才回。至于有时我回庄早了些，他对我一顿骂，也是故意骂给庄里人看的，让他们看到管事的今天已经惩罚过了，就不能再欺负我了。我始终未能明白徐管家这样做，是不是因为贾主户在庄里立过规矩，一个人每天只能被骂一次，但凡管事的骂过了，其他人就不准再骂了。

每过几个月，徐管家便会把我放的几只羊收了去，再给我几只小羊羔。收去的羊丢进羊场，就连我都分辨不出了，想来我放的羊也没什么特别之处。那年贾主户从颍州城请了书院的先生，每日到庄里教书，庄里人都叫他薛先生。我只是见过他的侧脸，从学堂的窗户缝里。我经常去偷听，起初没人注意，后来就被薛先生发现了。第一次是因为大角叫唤被他听到，第二次是风吹得窗户哗啦响，第三次之后都是去读书的孩子一见我在窗户外偷听就纷纷告密。薛先生只要发现我在偷听，便将我拉进屋里责骂，说我污了圣贤书，无教无养，不准我再靠近学堂。后来薛先生拿了我送他的金珠后感慨道，幸亏当年他故意责骂我，否则我必然错过了与少师相遇，就算没有错过，也不会有后面劝学报恩的际遇。我听后也大为感动，又赠金珠一颗以谢其当年的责骂之恩。

我当时并不理解薛先生的美意。费二郎说，想去薛先生那听课，得送米送肉，给了财物才能入学，我没有东西孝敬，他自然要拿我出气。费二郎目不识丁，肤浅愚钝，不识先生苦心，也不能怨他。

我叽里呱啦把心中不快吐个干净，从日头正烈说到凉风四起，都有些口干舌燥了。见他只听不说，于是问道："都是你在问我，方才我问你是何人，来此何事，你为何不答？"

他笑道："我方才行了半日路程，口渴难忍，一时只想喝水，现在喝了你的水，自然要答复你。我自东京汴梁来此会友，见清河风光大美，一时忘了行程，只能继续走路去颍州。你今年九岁，我五十有八，算起来你该管我叫一声太公哩。"我点点头，道："我听管事的说过东京，那里比颍州城还大吗？"太公道："大，不仅大，还热闹，是天下最好玩的地方。"我又问："我连颍州城都没去过，既然东京最好，为何你要来颍州而不请你友人过去？"

太公叹道："我这友人长居颍州，上个月过世了，我是来奔丧的。"我说："我知道，人死不能复生，死了就要埋进土里。上次薛老头在学堂里念过，百岁之后，归于其居，百岁之后，归于其室，就是说人死了。可惜我只偷听到这一句，薛老头就把我攒走了。"

太公道："你口口声声骂那薛先生，我却听出你想去读书呢。"

我当即叫道："谁想去读那老头子的书，读书怎比放羊快活，再说，会识字会作诗又能怎样，还不是给人吆来喝去吗？哼。"

太公见我做恼羞状，乐得大笑，从石头旁折了一支草秆，对我说："我像你这么大的时候，我娘就以荻草秆为笔，铺沙为纸教我写字。那时候家里清苦，我娘做针线活贴补家用，她虽然没怎么读过书，却要我一定好好读书。若不是我娘一生辛劳，我恐怕也只能在街头打混，做个破落地痞罢了。我且问你，想不想读书？不得骗我。"

我也从石头边折了根草秆叼在嘴里，闷声道："想又如何？我没有米肉孝敬薛老头，管事的又命我白天放羊，我只能在管事的叫我时把羊吓跑，趁在庄里找羊的工夫，去学堂偷听一会儿。说来也怪，那学堂本是贾主户家的侧屋，我小时候也住过的，却不像现在，里面的人好似被灌了迷汤，不是记性不好，就是犯口吃。薛老头揪我进去，我都不敢喘气，怕中了邪。"

太公奇怪道："还有此事，你如何得知？"我说："那薛老头讲的文章，我只听一遍便能记得，再听不清的，两遍也就会了。那学堂里七八个小孩，听上五六遍也记不住，念起来阿巴阿巴，不会说话一般。岂不是屋里有鬼？算了算了，我还是不去读书了，免得也变成结巴。"

太公听了哈哈大笑，边笑边拍我黑亮的后脖颈，道："非中邪也，实乃因你聪慧，若是好好读书，没准日后还能考个功名。你牵上羊，我们现在就去你庄里，我跟那薛先生说说好话，请他多收你一个弟子。若是说成了，就当我报你一壶水之恩。"我跳起来道："那要说不成呢？"太公拄起拐杖道："说不成也保你能读上书，快走快走。"

我们二人三羊向东而行，不过二里路便到了庄外。那里先是一道土墙，墙后灰瓦屋顶连成一排。沿土墙走三五十步，路旁树起一道牌楼，上挂一块石匾，刻着"清河羊庄"四个大字，牌楼下一扇大门敞开着。太公抬头看那石匾问道："这牌楼上本就有石条，为何又架一块石匾上去？这匾的料子和牌楼也不太像，像是后堆的。"我说："太公看得仔细，这匾是后来堆上去的。原本牌楼上刻的是'清河马场'，后来我们庄主当了主户，改叫'清河羊庄'了。"

太公又问："中原缺马，为何要将马场改作羊圈呢？"我说："那我就不知道了，从我记事起，这里便叫羊庄，庄里人把'羊'字去了，都叫清河庄。"

我正要请太公进庄，忽听到背后卢家婆婆叫我："混儿，你怎么又偷跑回来？要是被管事的看到，免不了罚你一顿饭。若是罚你，你便来婆婆这里啃个烙饼，填饱肚子，夜里就不要到处跑了。"她见我身边还有个老者，走上来问，"敢问大官人是哪里人？是否这混小子惹事生厌？他自小可怜，若有冒犯，还请大官人不要怪罪。"

卢家婆婆的话让我很是羞恼，没等太公回礼我便嚷道："婆婆怎么又冤枉我，这是东京汴梁来的太公，行路时遇见我，要来庄里见薛先生，请他收我进学堂读书呢，怎会是我冒犯？"太公也接道："正是如此，未曾冒犯，婆婆万勿责备。"

卢家婆婆道："大官人好心，只是薛先生脾气古怪，怕是不好说话。要鲤混儿读书还须庄里管事的允许，今日管事的去颍州城办事，通常得去个两三日方回。庄里向来少有外人来往，莫耽搁了大官人行程。"

太公笑道："不妨事，既是答应了鲤哥儿，就要算数。既然管事的不在，我去了学堂便走，不敢多扰。方才路上鲤哥儿说起卢家婆婆对他格外照顾，如同亲人一般，他日后必要好生孝敬报答。"

卢家婆婆听了喜笑颜开，枯黄的眼睛挤成一条缝，眼角沟壑如同晒了多日的干柴一般，摸着我的头顶道："还算这混小子懂事，老身年纪大了，只望他能养活自己，日后有个归宿。"

我将羊拴在木桩上，别了卢家婆婆，带太公进到庄园内。几棵一人粗的绿槐树后，高耸一面土墙，正中开有一门，门上墙头写着"时来乾坤"。进去是一小院，正对一间主屋，两旁各有一间侧房，其中一间挂着小牌，上写"清河书院"。只在院里，便能听到读书声。我扒着窗棂，没瞧两眼，就听屋内一孩童叫道："先生，鲤混儿又来偷听了。"随后读书声乍止，薛先生从学堂里冲将出来，身着葛布直衫，头戴软纱青巾，面带愠色斥道："你个混儿不去放羊，又来扰我教书，此番我必饶不了你。"

我吓得拔腿就跑，藏在太公身后，只敢露出半个脑袋，颤声叫道："不是我要来的，是这位太公……要找你说话。"薛先生这才看见院里还站着一年长之人，便捋捋长须，上前拱手道："兄台，此处乃清河羊庄学堂，在下薛怀，是学堂教授先生，敢问兄台有何指教？"

太公回礼道："在下姓欧，名庐，字陵生，开封人氏，因寻访友人路过此地，巧遇鲤哥儿在河边放羊。我观此孩儿天资聪颖，悟慧难得，若是放羊，实在可惜。据他谈起庄里有私塾学堂，教书的正是薛先生，便不请自来，请薛先生收他做个弟子，读书识字，开言明理。"

薛先生又自上而下打量太公一番，问道："足下乃鲤混儿何人？"答曰："今日晌午方才认识。"又问："与本庄贾主户相识？"答曰："不相识。"再问："与庄里各户相识？"答曰："初到贵庄，庄内无人相识。"薛先生轻笑，捋须道："如此说来，足下与鲤混儿非亲非故，与清河庄素无往来，只凭一面之缘就要帮鲤混儿读书，兄台是否太多管闲事了？"

太公道："先生此言差矣，自太祖皇帝开国以来，兴学荐举，文德广厚，各地少年英才辈出，才有大宋万世江山基业。教化后生乃是仁举，若鲤哥儿学有所成，他日为国效力，岂不是先生功德？"

薛先生道："兄台无须说这家国道理，在下也是读书人，怎会不知书德传世、学以报国之理。只是这鲤混儿无父无母，乃是被庄主贾员外收留，在庄里放羊长大。且不说庄主允他读书与否，光是学费也无人替他筹出。在下亦非唯利是图，只是我既受庄户所托，必讲究个公平，否则坏了规矩，这学堂也不得长久，我反倒落了个误人子弟的恶名。看兄台也是个读书人，想必知此道理。"

太公道："薛先生之言，句句在理，既是讲理之人，便好办了。我愿为鲤哥儿筹出学费，钱物均不少于其他弟子，三节也照例孝敬师礼，如此，先生可否收下鲤哥儿？"

薛先生道："不可。鲤混儿是贾员外收留，无论做什么须得他许可，我做不得主。"

太公道："此事不难，不日将有贾员外书信送来告与先生知晓，如此，先生可否收下鲤混儿？"

薛先生道："不可。鲤混儿九岁顽童，无人看养，读书所用笔墨纸砚亦无人置办，不免平添麻烦。"

太公道："此事不难，鲤混儿读书所需之物，在下可安排妥当。如此，先生可否收下鲤混儿？"

薛先生道："不可。我方才说过，薛某并非贪财之人，更非只要给钱给米就能入我学堂。鲤混儿未经开蒙，愚笨无知，读书不通，将来怕坏了我名声。兄台方才说鲤混儿天资聪颖、悟慧难得，不知如何看出？"

太公道："过耳不忘，岂非天资聪颖？睹物成诗，岂非悟慧难得？"

薛先生道："如何过耳不忘，如何睹物成诗，鲤混儿，且让老夫领教领教。"

我一直站在太公身旁，听得两人对话，最后竟扯到自己身上，吓得又跳到太公身后。太公将我拽出来，道："你且宽心，权当你正在放羊。薛先生现在问你如何过耳不忘，如何睹物成诗，你细想该如何回答。"

我不敢答话，低头瞟眼，正看到薛先生下巴上的灰白胡子，正像大角的胡须，又看到薛先生的灰白长衫，也像大角的白毛，再看到薛先生踩着一双黑色布鞋，更像大角的蹄子，心里顿时想笑又不敢笑，憋住劲不敢抬头。薛先生见我呼哧呼哧抖个不停，心中疑惑，拿手指敲了敲我的脑袋，道："你个混儿，不知用了什么邪法子，骗得外人来给你说情。这庄里谁人不知你生性顽劣，哪里有什么读书的聪颖，你且抬头，让欧兄看看你的破落样。"

我顿时笑意全无，薛先生已不止一次在人前斥我野性难驯。正难过之际，太公蹲下抚我道："你若想读书，薛先生便是你的尊师，你好好想，就像在河边与我说话时一般放松为好。"我定定神，伸手扶太公站起，抬头对薛先生说："兄台无须说这家国道理，在下也是读书人，怎会不知书德传世、学以报国之理。只是这鲤混儿无父无母，乃是被庄主贾员外收留，在庄里放羊长大。且不说庄主允他读书与否，光是学费也无人替他筹出。在下亦非唯利是图，只是我既受庄户所托，必讲究个公平，否则坏了规矩，这学堂也不得长久，我反倒落了个误人子弟的恶名。看兄台也是个读书人，想必知此道理。"

薛先生愕然。太公大笑，道："先生且看如何，是否算得上过耳不忘？不如收下做个弟子，将来写写堂前文书，岂非轻而易举？"

薛先生深思片刻，道："过耳不忘，我且信了，睹物成诗又当如何？"

太公在我耳边低语了几句，教我如何如何。我句句都记在心里，拱手给薛先生作揖行礼，道："鲤混儿请恩师出题。"

薛先生闭着眼捋捋胡子，道："那你就以此堂前院为题，作首诗来听听。"

我又作揖行礼，称："是，恩师。"说罢走到院中央，来回转了几圈，约有一盏茶的工夫才回到二人面前，道："恩师，诗已作得。"

第一回　清河庄草堂斗诗会　放羊倌奇缘结太公

薛先生道："且念来听听。"

我壮着胆子念道："三面院墙一扇门，门里站了三个人。两个长须白中黑，一个光嘴没长成。"

薛先生身后传来哄然大笑声，原来是学堂里的学生见先生久出未归，纷纷扒着窗棂向外偷看。薛先生撩起自己的胡须，低眼望去，果真是黑白夹杂，气得直喘气，指着我骂道："岂有此理，岂有此理。"又对太公说，"此等下流油诗也配称诗？"

太公笑道："我称鲤混儿睹物成诗，未曾说睹物成好诗，他如此年纪，仅在墙外偷听过几回，便能有如此诗作，岂不坐实先生乃师之大才。恭喜先生收得高徒，鲤混儿还不给先生磕头？"

我听闻扑通跪倒便磕，薛先生急道："一派胡言，莫磕，莫磕，哎，我何时答应收你为徒，岂有强买强卖之理？"边说边伸手拉我，被太公拦住，道："先生方才明明已然答应，怎么转眼就赖账不成？"

薛先生疑道："方才我几时答应？兄台怎么信口雌黄！"

太公托起薛先生，也顺势拉起我道："方才鲤混儿行礼三次，称薛兄为恩师，薛兄可都答应了。既是答应了，就当一诺千金，先生的弟子们都在场见证，莫传出去让颍州城的读书人笑话。"

薛先生一时语塞，眼看我土头糙面，身穿破布夹衫，腰里一根麻绳捆着裤筒，一双滴溜溜的小眼睛望着自己，薛先生心中厌恶之情怕是已散去大半，拂袖道："应是应了，还有一样却是不可。"

话音刚落，我哇哇大哭起来，跳到院中央嚷道："诗也作了，头也磕了，我就说读书识字又能怎样，不读便不读，若是读了书就变成这样扯来扯去不得痛快，我还是放羊去吧。羊都知道早晚要被剥皮下锅，活着时多吃一口是一口，怎么读了书反倒像长生不死一般，只管耗费光阴在这打谜猜话。先生我不拜了，我去外头把大角牵来，拜它为师，将来它被主户宰了，我给它送终上坟。"我拿胳膊擦了擦鼻涕眼泪，径直往门外走。太公抓住薛先生的手叫道："先生快拦住他，大角是他放的羊，若是先生收的弟子拜了一头山羊为师，恐怕大街小巷都会流传先生大名。"

薛先生"啊"的一声奔向门口，拽住我就往回走，边走边骂："你、你、你这混账小儿，我说还有一样不可，是你无名无姓，只有个泼皮外号怎能学得圣贤，将来被人笑话。你若有个姓名，管事的不叫嚷，多一个位子又如何。你怎么还想出拜羊为师这等混账事！"

我低头号哭，叫道："我没爹没娘，难不成天上掉下个爹来给我取名字？我姓鲤名混儿有何不可吗？"

太公上前道："这有何难，你且莫哭，所谓一日为师终身为父，薛先生就如同你爹，请他为你取个姓名就是。"

我抬起头，直勾勾地盯着薛先生，就等一个名字。薛先生道："向来都是为父的携子拜师入学，拜师取名岂不成出家了？应让欧兄为鲤混儿取名才是。"

我又将头转向太公，太公道："你可愿意？"

我自然愿意。太公闭眼细思，又道："你自幼与羊相伴，羊者，祥也；祥者，善也；羊字掐头去尾，王也。你名为王善，如何？"

我点点头，道："我就叫王善了。"

太公又道："今日我且与你约法三章。其一，薛先生肯收你做弟子，教你读书，你须尊师如父，不得不敬；其二，你虽天生孤苦，却要时刻牢记敬畏天地,若是将来寻得亲生父母,亦不得恨其弃你不顾;其三,你名为善,将来不论境遇如何,当知虚怀以善,不得作恶。你可记下了?"

我答道:"记下了。"

太公将我推给薛怀,拱手道:"今日冒昧叨扰,请薛兄勿怪。在下还要赶路,就此告别。此庄主户口信及束脩六礼不日便会有人送来,鲤混儿就托付给先生了,告辞。"说罢后退一步,转身就走。我一直奔到门口大喊:"太公何日再来看我?"太公远远应道:"你我有缘,自会相见。"

薛先生装好第二颗金珠,已是醉眼惺忪,畅谈起太公带我求学的场景,如数家珍,就像昨日发生的一样。薛先生告诉我,当时他一眼便看出欧太公绝非凡人,温儒敦厚,气宇轩昂,颇有将相之风,且姓欧名庐字陵生,就猜到个七八分,应是庐陵欧阳修欧阳大官人,只是乡野僻远,不敢确定而已。不予说破,来回争执,也是不惜冒犯,只为了让欧阳大官人多加关爱于我,其实他早就想收我为徒,只待一个好时机。我实没有第三颗金珠相送,只好斟满杯中酒一饮而尽,长醉不醒。

太公走后只过了一日,徐管家即从颍州城快马赶回。如太公所言,贾主户请薛先生收我在学堂读书,我也不必再到庄外放羊。此外,徐管家还带来肉干、芹菜、龙眼、莲子、红枣、红豆、笔、墨、纸、砚及干净衣衫等一应物品,交给薛先生,供我读书所用。

我一下成为庄里的名人。那些天,从地里收工回来的男人聚在土院子门口,一边等着开饭,一边扯着闲话。比起今天在地里踩到一只多大的蛤蟆，我的经历可算是实打实的奇遇。这种奇遇通常只在戏班子唱的传说里有，做了善事的好人遇到得道的仙人有了好报，或是做了坏事的恶人遇到正义的神佛遭到报应。能率先编出不为人所知的情节就能收获一些赞叹，只要不被当众戳穿，编故事的人就算是在庄里积攒下了颜面，连女人端饭出来的时候都吃得凶猛些。这家人说，鲤混儿遇到的不是凡人，是文曲星，玉皇大帝让他下界点状元郎，文曲星年纪大了，耳背，下凡点了庄园羊。一只羊是探花，两只羊是榜眼，鲤混儿那天牵了三只羊出去，你们猜猜他能是个啥？围坐一圈的人齐齐发出长长的唏嘘声，表示原来如此，讲故事的人就得意地跷起大腿，眯起双眼，颇有几分神气地俯瞰众生，像是在说"虽然我在田里挖了一整天的泥巴，但这天下事我还是知道的"。

那几天，作为为数不多的见过"下凡文曲星"的人，薛先生也听说了庄里的传闻。读书人自然是不屑与地头农夫一起闲扯的，文曲星干了一辈子点状元的活，本职工作应不会忘掉，况且神仙耳背，实在有辱神仙的身份。薛先生自徐管家从颍州回来后便留我在学堂里读书，从认字到背文，从诵诗到识典。蹊跷的是，自打我真进了学堂，过耳不忘、睹物成诗的本事便一去不复返。那些毛笔字读上再多遍，在我脑子里也如同柳叶落在清河上，打个旋就不见了踪影。我和那些已经读了几个月书的大小孩子一样，一听到背诵就愁眉苦脸，一张嘴就知道要挨板子。那几年，我极度思念大角和它的两个弟弟，不知道它们最终被送到了哪里的灶台。

薛先生也难以明白，为何在太公身边我就是个神童，在他的学堂上就是个傻子。他总是用手掌拍我的后脑勺，边拍边念叨"复回也复回也"。我知道他是想让那个聪慧的我快回来,只是我也不知道那个我去了何方。薛先生的疑惑像夕阳的余晖,随着时间的推移消失在茫茫黑夜里。庄里的深夜与颍州城的不同,这是费二郎在抓亮虫的时候说的。颍州城里家家户户不会黑透,就算是乌云密布,城里人家的房子也是灰白灰白的。而羊庄就不一样,一到晚上,羊庄里的白团子就变成黑团子,一个个窝在墙角不敢动弹,只有野猪来的时候才会叫唤。黑夜过后,我的奇遇已不再有人提起,那几年里,揭开文曲星下凡秘密的男人已经有了两个孙子,做了爷爷,而和薛先生一样见过太公的卢家婆婆则得了眼疾后去世了。卢家婆婆孤寡无儿,管事的招呼庄里的青年劳力办的白事。出殡时我哭得最凶,来吃席的人无不动容,一边伸筷子吃酒一边夸我小小年纪便懂得人情世故。只是我的哭声实在太大,久久不停,棺材附近的酒席上的人敬酒不得痛快,伴着号哭声一饮而尽总觉着不太吉利。席上童木匠对我说:"混儿,你别哭了,哭坏了嗓子,背不出文章来,薛先生要打你板子。"说了几次,我都置若罔闻,只顾自己宣泄悲痛。童木匠脸上无光,又不能笑,只能怒吼道:"混儿,你要再嚎,婆婆晚上回来就把你带走算了。"我喘了口气,敲着棺材说:"婆婆,你记得晚上回来把他带走。他不哭你,只知道吃酒肉,吃就罢了,还见不得我哭你,晚上我带你去他家,你多带几个走。"同桌的人大笑起来,引得周围几桌都伸头来看热闹。徐管家从屋里出来,把我拽起来说:"知道你对卢家婆婆有孝心,只是莫要哭了,你随我来,我有好处给你。"

徐管家牵着我到屋门口,对着庄里的人说:"卢家婆婆是庄里老人,无儿无女,承蒙乡亲们帮忙办这一场白事,将来她老人家必保佑咱们羊庄风调雨顺。几年前大雨冲塌了卢家婆婆的草房子,咱们贾主户出钱盖的这间新房,今天婆婆不在了,这房子理应由主户处置。今天趁大家都在,主户吩咐我转告各位,今后鲤混儿就住这里。"

底下有人叫道:"鲤混儿,你命可真好,不用下地,也不用放羊,咱们主户还供你读书,你将来若是出了头,可不能忘了咱们。"

又一人叫道:"主户发善心也想想咱们。"

徐管家瞪了那人一眼,那人便不再说话了。我从此便住在卢家婆婆的旧屋里,与费二郎成了邻居。他大我七岁,却不曾欺负过我,还替我修补房梁和瓦面,以至于耽搁了去颍州城卖货,被费铁匠举着锤子追打到村口。我去费家说情,费铁匠一边锤铁一边说:"混儿,主户每月供你吃穿读书,不愁生计,我家二郎没那好命,他卖不掉这些铁具,就没有饭吃。"我很愧疚,直到后来给费家修葺了新房,头发已经掉光了的费铁匠夸我心善时,我才释然。

我心心念念想帮费二郎卖铁具,那是他家的祖传手艺,至少在清河庄里,家家户户用的都是费铁匠打的铁具。费二郎要去颍州城里卖货,每个月要去个七八次,多的时候一两天就要去一趟。我想跟着他一起去颍州城卖货,一来我从未去过那里,只听说城里的道路纵横交错,满眼都是神奇物件;二来我实在不想每日读那几本翻来覆去的旧书,薛先生许久没教新玩意儿了。费二郎当时就拒绝了我的提议,大概是看出我的意图了,我那时还想不到费二郎可能是担心万一卖了钱,费铁匠会追问他分了我几文。

费二郎不带我去颍州城,庄里的日子就如同薛先生的学堂一样,日复一日,没有丝毫变化。唯独能称得上有趣的就是外号叫作"挑一担"的卖货郎到庄里来做买卖。挑一担每个月都会来上三趟，来时挑着竹编的货担，通常要在庄门外的阴凉处歇上一会儿，待汗干透，再换上干净的长衫，全身上下收拾得整整齐齐才会进到庄里。放下货担后，挑一担要先敲铜铃，那铜铃就挂在扁担头，木槌则藏在货担竹筒里。铜铃的声响能传进庄口几户人家家里，不多时就会有人推窗开门看过来。接着，挑一担从筐里摸出一只手鼓，举过头顶，用木槌卖力地敲起来，手鼓声更大，传得更远。这时，庄里有一半人家都知道挑一担来了。但此时就算有人过来看东西，挑一担也是不急着卖的。他把手鼓拿在胸前，要扯着嗓子唱一段：

绫罗绸缎，我这没有。
金杯玉盏，我瞧不着。
要问我装的是什么货呀，
咚，咚咚，咚咚，
天仙女下凡偷来的宝。

月嫦娥出嫁抹的胭脂，
吴刚爷砍树擦的汗巾，
太上老君烧香的炉呀，
咚，咚咚，咚咚，
王母娘娘绣花穿线的针。

张家买醋，李家买油，

王家买喜酒绑花绸。

称一两香糖溜酥蜜呀，

咚，咚咚，咚咚，

胜过那东京状元楼。

挑一担唱完，庄里的孩子蜂拥而至，但也不是所有孩子都能从挑一担那要到好处。但凡有大人来买东西，挑一担就从布兜子里摸几粒枣糖或是梨糖，送给他家的孩子，买得多给得多，其他家孩子眼馋，就会想方设法把爹娘拽到这里来。这种买卖方式屡试不爽，好在挑一担的要价还算公平，庄里也无人计较，只是有些孩子性格特别顽劣，爹娘换不来糖吃便打滚撒泼，偶尔会被锁在家里号哭。

那天的挑一担换了新筐，上面贴着颍州仙桥茶坊的红纸，精巧别致，顶上盖着油布，下雨不漏，筐口从侧边开，内有多层，每层抽出就是个浅口的笸箩，可供分装不同的货品。挑一担对自己的新工具很是满意，将其整整齐齐地摆放好，卷起袖子，见人围了不少，捧起笸箩道："仙桥茶坊的茶叶没什么特别的，倒是他家的编织技术颍州最好。比如这个笸箩，不仅结实耐看，更有一种奇香。哪怕是再寻常的下贱茶叶，用这筐装了，也异香扑鼻。这几个月来，上门求购仙桥箩筐、箩盆的数不过来，原本寡淡的茶叶生意也火起来了。有家里需要好筐好箩的，下月我给捎来。不管买多买少，一趟只取十文脚力钱。好箩配好货，我今天摆出来的都是开春顶好的东西。有西京河南府来的干果，红枣杏仁核桃酥；有东京开封府来的蜜饯，乌梅山楂雪梨干；还有颍州西市百家好玩意儿，头上戴的，脚下踩的，白天用的，晚上使的，看见的你伸手，看不见的使唤我下次带来。家用摆件都在这，还有一样好宝贝。"挑一担掀开另一个筐，取出一件白毡来，"瞧瞧，就算寻遍了颍州城，你也见不着这宝贝。这是西夏的马贩子从宫里带出来的，他们家公主用的披肩。知道是什么动物的毛做的吗？白骆驼，那是成了仙的骆驼，可以三年不吃不喝，照样跑得比马快。古大娘你摸摸，摸一下起码多活一年；要是穿在身上，三九天下鹅毛大雪全身上下都热气腾腾。"

古大娘伸手搓了搓白毡，又凑到鼻子跟前闻闻，一脸嫌弃道："挑一担，你去蒙其他人还行，到咱们庄来可不管事，这就是羊皮，哪是什么成仙的骆驼。要是摸这玩意儿能长寿，咱们庄起码有一半人能活个八百年。"挑一担急忙把毛毡塞回筐里，对古大娘道："我不跟你胡扯，宝贝也是看缘分的，一般人看它就和羊皮毡子一样，有仙缘的人才认得是白骆驼。"古大娘笑道："仙缘我自是没有，羊缘倒有一些。我缺个煎药用的陶罐，你筐里可曾有？"挑一担摆摆手："药罐太沉，下回来时专程给你带一个吧。"古大娘点点头："也可，我不要那烧两回就裂开的，若是拿来不顶用的糊弄我，可叫我儿拿锄头打你。"挑一担笑道："记下了，记下了，若是两回就烧烂了，大娘只管往我头顶上摔。"

不到半个时辰，挑一担带来的东西就卖了七成，人也都散了去，只有我这没人管的孩子，还在旁边转圈打闹。挑一担坐在墙根下的树根上歇脚，对我打趣道："鲤混儿，都说你遇着贵人，供你读书，可曾读出什么名堂？让我见识见识。"我说："薛先生倒是没有教我编瞎话，这世上哪有什么白骆驼，叫卖吆喝也是没有教的。"挑一担气鼓鼓地说："村头野妇，哪里见过真宝贝，你这小毛头也是有福气，我再让你开开眼。"说罢又挑开单放的筐，捧出白毡来。方才人多时遮挡了光亮，此时太阳直照下来，那白毡反射出白玉般的柔光，随着挑一担摩挲的双手，就像是羊奶在翻滚。挑一担道："这白骆驼毡子从西夏国到咱们这，一路上可少不了人打它主意。我琢磨你们主户也是见过世面的，庄里想必也有个识货的人，怎知你们竟将其认作羊皮，白瞎了我高看一眼。"

我想伸手去摸，被挑一担一巴掌扇回来，他嫌我两手都是泥，怕脏了他的宝贝。我对他说："就算这是什么白骆驼，也和我放的大白羊没什么两样，有甚稀奇？古大娘不愿买你物件，倒是她的不是了？"

挑一担把白毡放回货筐，道："她不识货，也就算了，就算识货怕也买不起，留着家底抓药，下次给她带个药罐来，保她多活几年。鲤混儿，不如你给我当个帮工，莫要在这庄里当个地痞混子了，读书不当饭吃，会认字算账足矣。"说罢收拾了挑子朝庄外走去，边走边看着我说："苦是苦了点，却也不愁买卖，没有我挑一担，这庄里的日子怕是不好过的。"

挑一担刚走，费二郎便从颍州城卖货回来了，与我在门口撞个正着。我问他："二郎哥，今日生意好吗？"费二郎笑嘻嘻地道："好好好，颍州城里多了许多新房，酒楼也开了不少，都是用铁具的地方。今日不但带去的都卖完了，还预订下了许多，我得让我爹赶工交货。"

我说："二郎哥，你每次去颍州城卖货，要么没卖完带货回来，要么卖完了带钱回来，反正是要走一趟，怎么不像挑一担那样带些家用卖给庄里人？挑一担十日才来一次，你三日便要走一次，要论方便，还是你方便；要论放心，还是你放心。你若肯做个顺手买卖，哪还有挑一担的来处？"

费二郎没答话，笑嘻嘻地回家赶活去了。后来他曾告诉我，他那晚一夜没睡，翻来覆去把我的话想了又想，也是那一次，他觉得我是个做生意的料，将来没准能做大买卖。

此后费二郎每逢要去颍州城，他都在前一天挨家问有什么家用所需。他年轻力壮，臂力惊人，又是庄里长大的，带一趟东西半带半送，很快就家喻户晓，庄里人甚至提前把钱送到他家里，脚费也愿意多出几文。

后来挑一担多久才来庄里一趟，抑或是再也没来过庄里，我也未曾听说。那是我在清河庄最后的日子，也是很多年后我最怀念的时光。

第一回　清河庄草堂斗诗会　放羊倌奇缘结太公

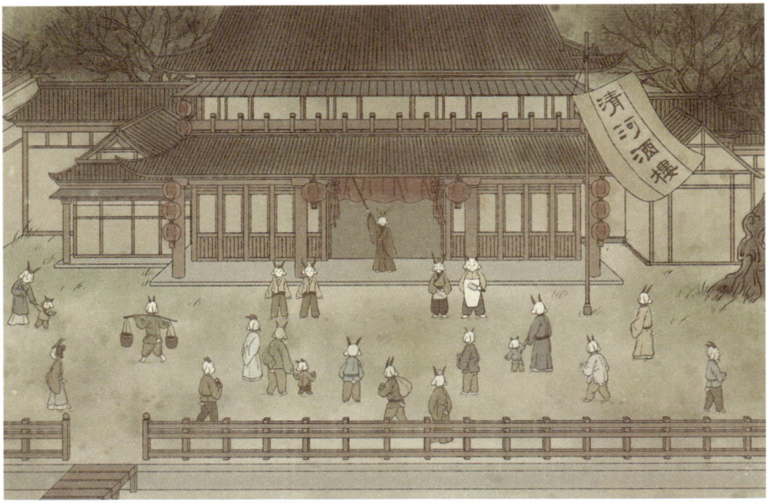
清河酒楼

第二回 茶博士贬罚打杂役 阔酒楼挑匾颍州城

我始终觉得，人的一生就像过一道道门，这道门过不去，下一道就不会来。我多次央求费二郎带我去颍州城卖铁具，始终未能如愿，而当他听了我的劝告去颍州不只是卖铁具时，贾主户便命徐管家专程带我到了颍州城。大概很多人终其一生碌碌无为，也并非因为过门的力气不够，而是压根没找到门在哪里。

徐管家带着牛车来接我，那是熙宁二年的六月初六，扬鞭的车夫

第二回 | 茶博士贬罚打杂役　阔酒楼挑匾颍州城

说原本他赶的是马车，马是清河马场里中原马的后代，现在只有牛车了。徐管家说清河马场以前有很多马，不仅有中原马，还有燕云马、西北马，都是高头骏勇的马种，比起辽国的战马也不差几分。后来高头的马种水土不服，经常生病，一病就走马瘟，难以驯养。马场里云南马就多了起来，南方马个头矮，耐力强，且出生于湿热地，不易染病，好成活，也好用，只是不能打仗。车夫说他以前就是马场的养马人，后来马场改羊场了，他也就只能赶牛车了。

我坐着牛车到了颍州城，那是我头一次到颍州城。我能望到城墙顶的时候，路上的车马就多了起来，踏起的灰尘有车轮子那般高。在离城门百步远处，车夫招呼我们下车，他牵着牛，带我们穿过栅栏，从侧门进入瓮城，再向内穿过南城门。监门官蹲在墙脚，捧着茶碗吹热气，身旁监门的守卫不甚精神，想必是到了中午有些饥饿疲惫。

进了城门后左转，是一片沙石铺成的市场，长宽有二三百步，外围是支着招牌的架车，卖的多是首饰、饮食和鸡鸭家禽。里面是纵横的席地摊贩，多是卖有特别用处的工具。费二郎进城卖铁器，就是在此处摆摊。再往前走是一道南北向笔直的河渠，宽两丈有余，河上立有拱桥，桥下走船。马车过桥后转右，再走百余步便停下。徐管家示意我下车，眼前是一处新建的楼台。临河渠的一边是两层，上层是镂柱廊坊，挂着青纱，如一座悬空的宽面亭子；下层是工笔雕花的四开大门，上挂金匾，写着"清河酒楼"四个大字。金匾两侧是鎏金立柱，写有对联。上联是："座上人间客尝风花雪月聚宴颍州"，下联是："杯下云中仙饮东西南北独醉清河"。

我从未见过如此气派的楼宇，亭子居然盖在房顶上。徐管家领着发愣的我径直走进酒楼的后堂，贾主户和一众人等正在商议开张事宜。见我进来，贾主户道："鲤混儿，今后你便在这酒楼做个学徒杂工。我听薛先生说你聪慧机敏，在庄里种地赶羊就糟践了。一来我缺人手，你读过书，又是庄里长大的孩子，比起外人我更放心；二来你还年少，学点本事，见见世面，将来能赚点积蓄，娶个娘子。你来认识一下，这位是酒楼的大掌柜江文，这酒楼上上下下、里里外外都得听他安排。

这两位是张隆、陈德，都是酒楼的管事长辈，平日里你要听他们吩咐，不得偷懒顽劣。若是你不服管教，我便让徐管家送你回羊庄种地放羊，一辈子都不得进城。你听明白了吗？"

我唯唯诺诺，点头称是，一点都不敢放肆，甚至不敢抬头，以前在蛤蟆鼓放羊时的神气全然不知泄到哪里去了。我挑眼记下了几个生人的面孔，江掌柜头戴圆黑锦布小帽，长着一对小眼睛，脸圆而鼻尖，两撇上翘的胡须搭在嘴上面。陈德一副憨实老者长相，低眉垂眼，目不斜视。张隆有着一颗南瓜大的脑袋，圆不溜丢，黑面粗楂，身魁体壮，是三个人当中看着最年轻的。这时，江掌柜摸着胡须走上前，抬起我的下巴，左看右看，时而闭目抖唇，时而锁眉叹气，将我的脑袋晃了五六圈才放手，道："东家请来的这位小哥，长相倒是有说法。"众人疑道："有什么说法？"江掌柜道："你们看他额头突出，此乃龙相；双耳展垂，此乃凤相；口唇厚大，此乃虎相；下巴尖窄，此乃骏马之相。龙凤者，富贵之相，高官厚禄，锦衣玉食；虎马者，大才之相，琴棋书画，博古通今。难得龙凤虎马之相凑在一块，罕有，罕有呀。"

徐管家笑嘻嘻地拍我的屁股，道："你小子有福相，还不谢过大掌柜。"

我正要磕头，江掌柜猛一挥手，道："别急，我还没说完。这龙凤虎马之相虽个个都是福相，但是凑在一起，就是皆不像了。龙凤相抵，虎马对冲，四相亦是四不像。我看此相呀，板上钉钉，就是个铁打的酒楼伙计相，适合，适合呀。"

众人皆大笑，羞臊得我无地自容，又不知该看哪里，只好盯着裤腿发抖。笑声落，又听见江掌柜说："但这酒楼伙计也不是好做的，既是东家请来的，我便要考一考你。小哥，听东家说你在学堂读过书，懂得算账吗？"

我怯生生地答道："只会数羊。"

江掌柜道："那便够了，你听好，咱们家有焦陂小酿酒，十五文一斤，每斤得利五文，还有羊羔酒，四十文一斤，每斤得利十五文。今日有一客官，先饮了一斤小酿，未尽酒兴，又要了一斤羊羔酒。你算算，只算酒的话，酒楼是赚是赔，赚是多少，赔是多少？"

我听得满头大汗，心中打鼓，在心里算了又算，嘴上念了又念，才敢回答："饮了一斤小酿，赚了五文，又饮了一斤羊羔酒，赚了十五文，总共是赚了二十文。"

五只羊再加十五只，总共是二十只羊，这我是算得清楚的，除非羊群四处乱跑，让人眼花缭乱，看不清哪只数过了哪只还没数，才会出错。我想这是给贾主户露脸了，乡野的娃娃识数的可不多。不料江掌柜将一对小眼睛一瞪，对我呵斥道："错了！"

我赶紧又算一遍，还是二十文，只好回答："没错，是赚了二十文。"

徐管家也在一旁说："没错，是二十文呀，莫不是这位客官没有付账？"

江掌柜的小眼瞪得更圆，又呵斥道："错了，是赔了十文。"

这下连贾主户也一脸疑云，众人更是摸不着头脑。贾主户小声问道："掌柜的此话怎讲？"

江掌柜眯起了眼睛，道："这位客官先饮了小酿，又饮了羊羔酒，说明他能饮二斤酒，也饮得起羊羔酒，既是如此，为何前一斤未能卖他羊羔酒赚他十五文？原本可以赚三十文酒钱，最后只赚得二十文，不是赔了十文吗？我们做酒楼营生，要时时记着为东家谋利，能多赚一串钱，绝不少赚一文；能少亏一碗米，绝不多撒一碗粥。如此才不负东家所托。"

众人琢磨过来其中奥秘，无不赞叹，齐齐给江掌柜和贾主户行礼，口中念道："但凭掌柜的吩咐，为东家谋利。"

贾主户也是感激涕零，起身回礼道："有诸位在，清河酒楼可成矣。"

我当时阅历尚浅，并没听懂江掌柜如何将赚二十文算成赔十文的，心里只觉得奇怪，若是来的客人都先喝一斤小酿再喝一斤羊羔酒，那酒楼岂不是一边收钱一边赔钱？喝酒的付了钱，卖酒的又赔了钱，那钱去哪了呢？徐管家见我发呆，硬是按住我的头鞠躬，带我退了出去。刚出酒楼，贾主户追出来对我说："这几日徐管家会带你在城里转转，你去别的酒楼看看，也学学人家茶博士是怎个样貌。"徐管家领命后带着我出了后门，去到一个院子里，那里有我一间起居的屋子，比起卢家婆婆的旧屋自然是小了许多。

那几日徐管家果真带着我在城里四处游逛，只是我一直心事重重，不得自在，总觉得自己愚蠢，将来若是给客人算账，算多算少了我不怕，大不了被客人责骂，就怕把收钱算成了给钱，客人点了一桌菜吃完了，我还得倒贴他一笔，岂不是要卖一辈子力气来还掌柜的账？徐管家像是看穿了我的心思，故意捉弄我一般，时时命令我做一些难办的事。比如街边的肉馍铺子，明明三文钱一个，徐管家偏只给我五文钱让我买两个来。又如在饭馆吃面，明明面汤鲜美，徐管家偏要我说太咸，叫跑堂的来让大厨重做一碗。他还命我在街口人多处大嚷大叫，在拱桥上跑上一百个来回。几日下来，我腰酸背疼，起不了床，做梦都是劝自己回去放羊。徐管家对我说，酒楼做的是人头勤活，来的四方宾客，宴的百态人间，跑堂的不能拘谨，要能见人说人话，见鬼说鬼话，俗话说三寸脸皮七寸嘴，一尺黄金跑断腿。

我听了也只当他是为我好，反正颍州城里我没见到过一尺黄金，小眼睛圆脸鼻尖两撇胡须戴小圆帽的掌柜倒是见了不少，仿佛长成这样就是这一行的规矩，不然就不配做个掌柜。

六月十六是酒楼开张的日子，那时徐管家已经回羊庄去了，江掌柜命我在楼上帮忙，只管擦桌抹地和端茶倒水，像招呼客人、上菜伺候、认人引荐这些都不用我干。这天说是开张，其实不做生意，来的人都是贾主户送了帖子请来的。巳时刚至，酒楼上下就忙活起来，头天晚上早已做好准备，要到吉日早晨，按掌柜的吩咐布置到位。大门口的金匾罩了绸布，系着金花，下面坐着锣鼓班子。二楼飞檐上垂青纱展红绸，隔三尺扎一串三叠罗汉绣球。雕花的围栏已擦洗过无数遍，上过三道清油，乌光锃亮。酒楼上下人等皆穿了新衣，贾主户和江掌柜更是穿上从东京定做的华服。到午时，江掌柜在中庭亮嗓，叫道："吉时到，请东家。"霎时间门外吹拉弹唱，一阵喧哗。贾主户开门抱拳而出，对门外围观的百姓作揖行礼。又听江掌柜叫道："日月三江送福寿，星河四海会财源。世间百态眼前过，留得万载善名传。请东家揭匾。"贾主户接过伙计递来的竹竿，轻轻一挑，绸布坠落，顶上露出"清河酒楼"四个大字。绸布上系着镶金的绣球，径有两尺，贾主户摘下绣球，交到江掌柜手中。江掌柜双手过头，弯腰接过，又叫道：

"谢令,敞行。"伙计便将大门全部打开,又捧了无数糖果蜜饯分发。

从大门打开一直到酉时,锣鼓班子会一直在酒楼门前吹弹造乐,分发的果饯也是不停的,但凡在今天出门的颍州百姓,无一不知清河酒楼的声势。酉时刚过,贾主户出门迎客,陆续有客人持着帖子拱手上前,道:"恭喜贾员外,贺喜贾员外。"贾主户也拱手回道:"岂敢,岂敢,里面上座。"如此在门外守了有半个时辰,江掌柜才叫道:"客满,请早。"贾主户就知道宾客都已到齐,向围观的百姓再次行礼后,才回到酒楼里。

二楼开始来客的时候,我毕恭毕敬地挨着楼梯站着,那里一边一根柱子。我靠的这边写着"不到颍州不尽兴",另一边写着"不饮清河不俱欢"。与我站在一起的还有四个伙计,是江掌柜招来的徒工,还以"吉瑞泰祥"分别给他们取了名字叫吉来、瑞来、泰来和祥来。祥来年纪最小,但也比我年长,他笑起来就像薛先生在廊下挂的腊肉,多看两眼就会觉得肚子饿。徐管家曾说祥来这副长相天生就是吃这碗饭的,若是生在富贵家,准保是个泼皮少爷,一年少说也得闯个三十六回祸事。但他投胎没投好,生在个穷人家,就只有来跑堂才不算糟蹋这一脸横肉。我听了羡慕不已,只觉得人可能和羊一样,肥一点才是上等货。

二楼坐满之后,贾主户又说了一堆场面话,我只顾着点头哈腰,一句也没听到耳朵里。那天来的都是贾主户的贵宾,穿衣打扮就与寻常人不一般,说话也像薛先生一样弯弯绕绕。贾主户一桌一桌地敬酒,同样的话要反复讲上几遍。讲到最后一桌时,菜大概也上齐了,桌上已没有摆放茶碗的位置,我只能捧着水壶和祥来退到墙脚。和风顺着青纱吹进酒楼，混着酒香与肉香，那是在清河庄闻不到的香味。我忍不住深吸喘气，腹中也叽里咕噜乱叫起来。祥来在一旁低声道："真想去厨房偷吃两口，那庖厨听说是从东京来的。"我闻声望了望他，更觉得饥饿起来。

正在难受时，忽听到三声锣响，六个厨工两两抬着一担红布篓子，总共三担，齐齐摆放在堂中的长桌上。江掌柜在桌前叫道："四海盛世日月红，十方斗运此相逢。请来仙宫福禄寿，三阳开泰献宾朋。"说完一挥手，三块红布齐刷刷被扯下，堂下即刻异香扑鼻。江掌柜又道："本店头牌，神仙全羊，十二时辰方得一只。"三只全羊红油裹体，热气腾腾，当中一只顶着一尺五寸的羊角，趴跪在红木锦盒中。江掌柜又一挥手，三个厨工取出盒下的菜刀，横竖切分，一整只羊便被分成多份，被一一送到席上。

贾主户捧着酒杯道："想当年，我太祖皇帝宴请吴越王钱俶，第一道菜便是羊肉所制的旋鲊，肉之鲜无出其右。今日，我将此菜肴悉心改良，美其味而复其形，请诸位品鉴。"人群中有人应道："颍州城人人得知贾员外是做生羊买卖的巨贾，想不到做熟羊也是如此精致，佩服佩服，实乃人间美味，我等口福不浅。"

四下里应声一片，话音虽连绵不绝，却不妨碍吃肉，碗筷碰撞之声此起彼伏，顷刻间三只羊便只剩下骨头。我和祥来自然没分食的份，只觉得饥饿难耐，后背发软。我偷瞄那长桌，看见长着长角的羊骨头，忽然想起我的大角，估计它很多年前就已经被吃掉了，被宰时不知它的角有没有长到这么长，是不是也是如此被切个干干净净，肉归了人，骨头归了狗。我忆起在蛤蟆鼓上放养它的日子，心头一酸，忍不住哭出声来。

酒席热闹，只有两个人听到了我的哭声。一个是祥来，他离我最近，以为我是饿哭了，也想跟着我哭，两个人哭，至少是"同党"，不至于被掌柜冤枉是没哭的欺负了正在哭的。但祥来平时笑惯了，脸上的肉筋都是顺着笑脸长的，挤不出哭相，硬挤了几次，反倒被自己逗乐了，笑得合不住嘴，赶忙借机溜走。另一个是万家的五姐儿万小梨，年方十岁。她随父亲万沪来赴宴，硬木凳子坐得难受，自己跑下桌在墙角玩耍，正巧看见我回头对着墙抹脸。万小梨跑过来，咧着嘴笑道："你一定是尿裤子了。"

我说："我没有。"

万小梨笑眯了眼，捂着嘴说："别不承认，我尿裤子也这么哭来着，我爹气坏啦，拿竹条抽我，我也像你这样冲着墙哭呢。"

我自然不服气，瞪了她一眼说："我没有！"

万小梨乐得拍手，跳着说："可是我爹后来对我可好啦，说我尿裤子比祖坟冒烟还管用，天天就喜欢我尿裤子呢。所以你别哭了，以后尿对地方就好啦。"

我听得稀里糊涂，问她："你爹是让你往田里尿吗？我在庄里跟卢家婆婆下地干活，就见她把一挑挑的粪水往田里浇。"

万小梨捏着鼻子道："咦，脏死了，我才不下田呢，我家都不下田种地，我家是做茶叶生意的，我爹是仙桥茶坊的掌柜。"

"仙桥茶坊，我听挑一担说过，他往我们庄里带过你家的笸箩。"我瞥了一眼离我最近的几个宴桌，掌柜面相的有五六个，如同胞兄弟一般，实在认不出谁是万掌柜。

"他说没说我家的笸箩非同一般呐?"万小梨斜吊着弯月眼,面带得意。

"嗯……我不记得了,挑一担来的时候,庄里人都围着他,我没有钱买他的东西,只远远地听他说你家笸箩编得好,再好的茶叶……不,再差的茶叶也变得值钱了。"

"哼,那是自然。"万小梨道,"我见你裤子没湿,你哭个什么?"

我就将童年时如何放养大角,又如何睹羊思羊的事情讲了一遍,讲到最后,我和万小梨一同抹起眼泪来。万小梨怯生生地道:"大角真可怜,我今晚还吃了两口呢,我还说它真难吃的,我真没良心。"

我安抚她:"你吃的不是大角,大角早几年就不知被谁吃了。"

万小梨说:"早几年我也吃过羊肉,可能我吃的就是大角。"

我又说:"我也不知道是早几年,不一定是你吃的那年。"

万小梨说:"我每年都吃羊肉,不,我每个月都吃羊肉的。我爹就喜欢吃羊肉,每个月都去集市买,我吃过的总有一只是大角。"

我一听觉得也有道理,一个没犯错的人是不会翻来覆去地承认错误的,心里也就认定大角是被她吃了。我抽泣着问她:"既然大角是被你吃了,你说说大角尝起来什么味?"

万小梨也抽泣着答道:"我爹爱喝羊汤,他说羊汤补气,男人要多喝,这是我偷听到的。我娘口淡,不怎么吃。我大哥只要见家里买了羊肉,就要剁去一只腿烤着吃。我二哥最讲究,只挑小里脊的嫩肉油煎了蘸盐粒儿吃。反正不管他们怎么吃,我见了都要上去抢的。大角吃起来嘛,全身都舒坦,比今天这个好吃。"

我说:"既然比今天这个好吃,那就不愧是我养的大角。"

万小梨拍拍我说："我以后不吃羊肉了，你再养一只大角吧，我带好茶叶去喂它。"

我摇摇头，道："不行了，贾主户让我在这当茶博士，我现在刚学会擦地。我去后厨看过，送来的羊都是刮了毛的，只有鸡鸭是活的。不如你养吧，我可以教你摸羊肚。"

万小梨没答话，她离开酒桌太久，她爹万大掌柜这时凶神恶煞地走过来，抓住胳膊把她拎回了座位，皱着眉头对女儿指指点点，也顺道指了指我，瞪了我一眼。我那时才认得谁是万家大掌柜，和其他掌柜相比，万大掌柜的脸更圆，肉更多，胡须也翘得更傲气，一看就是掌柜中的上等掌柜。

贾主户站在门口挑红布的地方挨个送客人离去，抱拳拱手作揖带笑，仿佛一点也不累。待客人走完，他从口袋掏出一把铜钱，扬手扔到天上，叮叮当当撒落一地，引得一大帮小童争抢。随后，江掌柜带着一封封的喜钱和馒头，走到酒楼侧墙，给久候多时的乞丐分发。

我心里想着万小梨和大角，浑浑噩噩地收拾残席，总是不记得哪张桌子擦过了哪张桌子没擦，只能一张张再擦一遍。江掌柜在一旁眯缝着眼，时不时摸摸胡须，对贾主户说："东家带来的人，踏实。"贾主户回道："鲤混儿虽是乡野孤儿，但也懂得勤以补拙。"我虽假装没听见，但也只好将已擦得透亮的桌椅板凳又擦了几遍，一直擦到贾主户和江掌柜离去。这一天下来，我腿如灌铅，腰如缠磨，躺在床板上唉声叹气，连做梦也只敢梦到三十年后自己能坐一坐刚擦过的凳子，叫店家来一碗碎羊肉汤。

第二天，酒楼便算开张了。每日辰时开门迎客，直到亥时过后才打烊。有了头一日酒席的风光排场,清河酒楼的名气大增,前来光顾的客人络绎不绝。相比于贾主户请来的贵客,自己掏钱吃饭的客人脾气自然也大,我被热茶扑了满脸,又挨了两个耳光之后,江掌柜才发觉他的安排有些不妥。我前脚刚收拾完一桌残羹剩饭,就用沾油沾炭的脏手给下一桌客人倒茶,被客人打骂也是理所应当。江掌柜先是赔了不是,又赔了酒菜,把我拉到一旁,眯着眼说:"中原人氏性格草莽,受点委屈也不妨事,你从今日起便不要再跑堂了,回去洗洗干净,明日去后厨跟陈德公学工吧。你今天犯下的过错,姑且记在账上,发工钱时再算。"

我仍挂念擦桌扫地之事,未能替掌柜的分忧,在后院点了炉子烧水时还在暗自悔恨。我是腌臜惯了,不觉得剩饭剩菜脏,但既是到了酒楼,凡事就要以客为尊。若是明白了这些道理,这耳光也不算白挨,只是堂上少了我,免不了拖累祥来他们辛苦多干一点活,也拖累酒楼做生意。我正愁怎么跟祥来交代,见江掌柜出了侧门,从泔水桶附近一帮乞丐里选了两个年轻的,从头到脚指指点点了一番,那两个乞丐又鞠躬又磕头,跟着江掌柜走了。从此祥来只管在门口笑脸迎客,两个新伙计忙活起来能顶五个我。

陈德公没有头发,他自称是因为烹饪时太过专注,被火烧光了。但神奇的是,陈德公的眉毛倒很茂盛,像两条大白蚕趴在眼皮上。陈德公已年过半百,下了一辈子厨房,总算遇到贾主户慧眼,把他从东京请到颍州,主持酒楼的后厨。陈德公南下颍州,什么都没带,自己坐马车,却专程叫了一顶轿子送他那口祖传铁锅。这口铁锅现在就端坐在后厨的大灶台上,贴着布条,一般人不准用。在后厨干活的都是陈德公的学徒，大多是他从东京带过来的，也有几个干杂活的伙计，像我一样。那天一大早我便在后厨门前候着，等着陈德公到店里，给他请安。陈德公指了指后门口，对我说："择菜去。"

　　择菜是一整天不用站起来干的活，上午择菜，下午洗肉。菜择完了要分类装到厨房的木架筐里，肉洗完了要排在案上。摸过肉的手不准再碰菜叶子，所以上午若是漏择了菜，下午就得挨骂。待到菜和肉都择洗完了，才能从灶台洞里掏一把炭灰，混着水把手洗了才不油腻。在后厨我只配用炭灰，能上锅的庖厨才能用皂角团子，陈德公说在东京，只有宫里的庖厨才能用上"胰子"。胰子工序复杂，要用新鲜的猪胰脏洗净，磨成糨糊，逐次添入豆粉、花蜜、甘草、陈皮等十多种香料，再慢慢烘干脱水，制成小块，用锦盒装好，送到各个殿房去。有一些大户人家也会用胰子，但做不了宫里那么精致的，通常只有两三种配方，搓成球来使，又称作"澡豆"。

　　陈德公只要说起东京就停不下嘴，尤其是他在宫里为皇帝做菜的经历。在早市晚市忙碌的时候，后厨没人有精力听他讲话，唯独我那会儿空闲，又读过书，做听话人更合适。陈德公每到中午酒楼忙碌之时，便端上一碗茶水，支起竹椅靠着墙，问我昨天讲到哪了。讲到一半时，陈德公的白眉毛上下颤抖，双眼垂塌，鼻息渐重，不多时便会打起盹来。人虽已睡过去，手中的茶碗却纹丝不动，若是没有客人在前堂点了大菜非得陈德公下厨监工，悬在空中的茶碗能陪他睡满一个时辰。

　　能请得动陈德公的菜只有三道。第一道叫金檀百花骨，第二道叫东山雪，第三道就是六月十六宴席上分食的全羊，本名叫作三双佳人。这三道菜都要提前一个月预订，定金和菜金不菲，寻常人家的喜丧酒席并不舍得点，故鲜有陈德公亲自下厨的时候。陈德公从东京带来的学徒都想学这三道菜，学成就代表着得到真传，可以出师了。但陈德公做这几道菜的时候，徒弟备好了菜就得在外面等着，厨房门窗紧闭，谁都不准靠近。

我在后厨择菜，日子过得飞快，到八月中秋时，陈德公的故事已经从头开始讲第二遍了。那时我已经摸索出让陈德公高兴的法子，只要他开始讲故事，我便顺着他说的往下问。陈德公说："当年我在御厨，做的不是一般的菜。"我便问："怎么叫不一般？"陈德公的眼皮一睁，大白蚕立马来了精神，凑着我的耳朵说："给皇帝做的菜，能叫一般的菜吗？"我便小声再问："那皇帝吃的菜有何不一般呢？"陈德公一拍我后脊梁道："那羊肉得是百里挑一的小羊羔。"我便将手里的白菜秆子丢进盆里，大呼一声："原来是百里挑一的小羊羔。"

陈德公将茶碗里水一饮而尽，咂嘴说："鲤混儿，中秋家宴，你给我把门。"

陈德公说的把门，是在他做菜的时候，守在厨房门口防人偷看。后来陈德公带来的大徒弟韦春回了东京，我才知道他一直等着把门的活。除了择菜，我还从未在厨房碰过任何东西，不管是锅碗刀勺还是切菜的墩儿。我傻愣愣地站在门后，脸冲着门，听得身后陈德公劈柴生火，煎油敲锅，足足忙了一整个时辰。

"开门，唱菜。"陈德公甩了甩袖子，头也不回地走了。

中秋家宴，贾主户不在，江掌柜主持，这道金檀百花骨是陈德公第一次在颍州做，按人头一人一份，包括陈德公的徒弟、酒楼的伙计，还有从羊庄回来的徐管家，吃过的都赞不绝口。那羊骨像是浸透了酥蜜，羊肉像是鱼肉蒸的蛋羹，羊汤像是开了花的香脯。祥来边吃边笑，而他身旁的福来、禄来则是边吃边哭，发誓要在酒楼好好卖力，绝不回去做乞丐了。

想来那次家宴，也许只有韦春是不高兴的。很多年后他总是试图叫我师弟，我却不愿认他是我师兄。一来陈德公始终没有正经收我做徒弟，二来至少在中秋那天，韦春绝没有认我做师弟的心意。

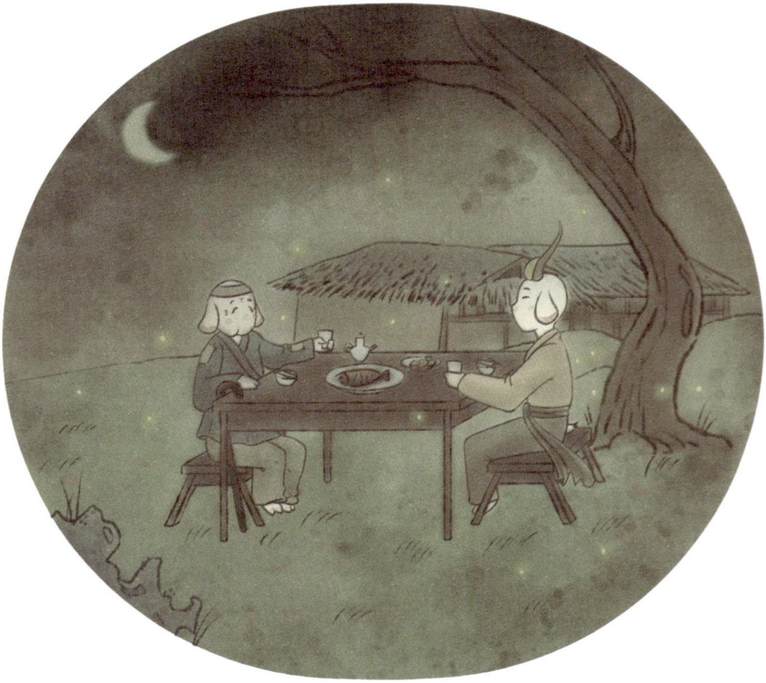

第三回　金竹扇斯文豪夺利　张酒师呕血恨霸王

人这一世，至喜在失而复得时，至悲在悔不当初后，那些拍着胸口称自己敢作敢当的，多半是未经世事之苦。苦者，草下作古，埋在地里，坟上长草，才叫苦。但这世间苦又怎是一了百了的，多少活着时遭受的无尽的折磨都是源自自己的明知故犯，却自诩英雄好汉。

卢家婆婆曾打过一壶酒，我刚好赶羊回庄。卢家婆婆叫我进去，对我说："鲤混儿，你少不更事，不如陪我过个寿，赏你好酒菜吃。"那天卢家婆婆兴致极高，从太阳落山喝到月上树梢，她只顾喝酒，我只顾吃饼。酒喝了大半壶，卢家婆婆眯缝着眼说："鲤混儿，将来你也有莽撞的年纪，走路虎虎生风，讲话声如洪钟，入洞房一整夜都不累呢。这个年纪最是容易作恶，人一作恶，从头到脚都快活，哪怕知道会遭报应，也管不住自己。就像是赌钱，会赌的、不会赌的都说十赌九输，赢的是一时之运，输的是一生之命。那又如何呢？就算输到断手断脚，只要庄家说耳朵也能作为筹码，保证麻溜地把脑袋搁在赌桌上，不带犹豫的。作恶的人爱喝酒，喝了酒才有胆量想身后事。"

我见卢家婆婆喝了不少，问她："婆婆你也作了恶呢？"

卢家婆婆笑嘻嘻答道："我就作了一回，生了我那赌鬼儿子。"

卢家婆婆下葬的坟在她儿子的坟旁边，但费二郎说，卢家婆婆儿子的坟头里什么也没有，他年轻时把自己的头、胳膊和大腿输给了不同的人，想凑到一起可不太容易。

卢家婆婆去世后的第二年，我跟着徐管家去后山上过一次坟。徐管家说卢家婆婆在这世上已没有亲人，往后估计是无人去看她了，但我吃了不少卢家婆婆的饭，又住了她的房子，算是半个后人，带我认认路，将来如果想念了，自己能找得到地方。后山背阴处坟头众多，但山道极缓，鸟语花香的，走起来并不害怕，尤其是几株百年的老桂花树，一路上令人心痴沉醉。

和城南相比，颍州西郊更盛产桂花树，从西湖到城郭，沿途有数不尽的桂花树，森茂林密，郁郁流香。每逢入秋，西郊外起风，颍州城大街小巷的人便心旷神怡。自西湖疏浚河道二十年来，清河贯通，北可航运至东京汴梁，南可过颍州至焦陂再远达江淮。清河一支流从颍州城西北角入城，聚水成港，可停下七八艘双桅大船装卸货物。货物由马车向东运至东市，由小船南下顺清河内河至西市，再向南出城与主河道汇合。清河酒楼便在内河河岸西侧，酒楼所需时令物产，也多由此登岸直接送到后堂。我每日早晚，都要在岸边守船搬货。

八月后的每日午后，张隆便来酒楼带上伙计从西门出城打桂花，若是陈德公不找我闲聊，他也会带着我一起去。张隆平日里忙着兑酒，自己也酿一些，伙计都叫他张酒师。打桂花做桂花酒，工法简单，只需将新鲜的桂花洗净晾干，泡在酒里，闷上一天即可。但即便如此简单，想在自家酿酒并不容易，如未经官府许可，私制酒曲十五斤及以上便要杀头。有资格酿酒的可以挂出正店的招牌，但酿酒的酒曲仍然要从官府购买，其他没有酿酒资格的只能挂脚店的招牌，从正店买了酒再去售卖。张酒师前后跑了十九日，桂花酒兑好了十九坛，取上两坛摆在门口，揭开油纸，香溢十里。

那是张酒师在清河酒楼所酿的最后十几坛桂花酒，很久之后我才知道，那也是张酒师一辈子所酿的最后的桂花酒。

重阳将至，我与张酒师在后厨封酒坛，那是最后一点桂花酒，用的是小坛和青花壶。到了未时，祥来急匆匆跑来，对我说："鲤混儿，店里来了富贵客人，没人招呼，你去伺候吧。我去请掌柜的叫陈德公，厨房一个人也没有。"张酒师接过我手里的油纸，说："你去吧，只说店里此时打烊，只有酒茶和凉拌。若是客人不走，你来找我，切点熟肉便是。"

我在酒楼已有三月，耳濡目染，也见过江掌柜如何招呼客人，后厨的供应流程也熟悉。我登上二楼，见外栏处有一男子背影，二十多岁样貌，身形高伟，器宇轩昂，头戴长缨白帽，身穿白罗褶儿衫，脚踏乌绢细底短靴，腰缠两指碧色银丝带，挂一掌浑圆玉坠儿，清水金丝的绣花从上肩到衫脚。转过身来，手持一柄金竹玉骨扇，容貌俊俏，眼带春风。他身边坐一汉子，壮硕威猛，垂耳横眉，见我来了，对我叫道："上好的酒菜，快与我家官人上齐了。"

我哈腰道："大官人，小店一般酉时才上客，不知您二位来这样早，这会儿厨房尚未开火，只有酒茶和熟食凉拌，要不您二位先四处耍耍，酉时我给您留着座？"

威猛汉子目似不满，正要发作，被金竹扇子拦下。那人道："不妨事，本就是我来得不是时候。博士，你家门口放的桂花酒，来上一壶，有甚下酒的小菜，你上来便是。我就在此等着，今日必要尝尝你家当家的好菜。"

威猛汉子听了，低声道："那让他一直在下面等着吗？"

金竹扇笑道："等着又何妨，他本就是下等人。"又对我说，"我见此处风光甚好，颍州城高览无遗，远是楼宇，近是清河，你东家好眼光。你且说说你家有何好菜，价钱不是问题。"

我说："大官人想必是刚来颍州城，我清河酒楼虽只开张三个月，却是城里无人不晓的正店酒楼。小店以羊肉闻名，三大招牌菜均为羊肉所制。其一叫金檀百花骨，其二叫东山雪，其三叫三双佳人，都是天下无二的珍馐。其他荤素佳肴，也都是城里顶级的好菜，大官人一尝便知，比起东京的菜肴绝不逊色。"

金竹扇敲桌乐道："坊间均传清河酒楼的羊肉做得最好，今日更不能空手而归了，这三道招牌菜我都要了。"

我说："大官人有所不知，这三道菜食材精贵，耗时耗力，须得提前半月预订才能吃得到，平日里做不出。"

威猛汉子将茶碗一放，又要发作，金竹扇斥道："多次教你在外不得鲁莽，你怎么动不动就黑脸唬人？你若如此爱动手，不如遣你去燕云十六州与辽人厮打好了，看你能耐几何。"说罢对我拱手道，"家丁性躁，不学无术，空有一身糙肉力气，实在无礼。"

我当即作揖行礼，道："大官人折杀小人了，来者是客，客即是尊，哪有无礼之说。只是小店这三道菜确实要准备多日，后厨管事要亲去汴梁挑选食材调料，不得半点马虎，不然也不敢得罪大官人。"

金竹扇摇摇手，道："无妨无妨，只当是今日缘分未到，点些别的亦不白来，何况以后来往的日子还多。博士，我看你有些斯文，不像其他酒楼伙计，可曾读过书吗？"

我答道:"读过几年,只是认得几个字。"

金竹扇道:"好好好,连跑堂的博士都文雅通儒,这酒楼是来对了。"话音刚落,威猛汉子竟哧哧地笑了。

我退去后厨请张酒师切肉,正碰到陈德公跟着祥来回来。陈德公问我:"鲤混儿,客人走了吗?"

我笑着说:"没走,来的富贵家官人,穿得华贵,斯文有礼,还带着家丁,非等着品尝咱家酒菜呢。"

陈德公接过张酒师的刀,说:"你手染酒气,还是不要切肉了,我来吧。"又问我,"鲤混儿,客人还与你聊了什么?"

我又答道:"也没多聊什么,他说听得出我读过书,夸咱们酒楼文雅,将来定要尝尝您的三道招牌菜。那官人都不问价钱,就说三道菜全上,听我说要提前半月预订才作罢。"

陈德公将切好的羊肉装盘洒料,递给我,道:"如此高贵客人,你还是小心伺候着。祥来,你再去找掌柜,请他早点来店里。万一是个有来头的公子,好生送走就是福。"

我端过肉,从张酒师处取了一壶酒,心里暗道陈德公是嫉妒成恨了,如此翩翩美少年,富贵却谦和有礼,实打实是个令人羡慕的儒雅君子。我回到二楼摆上酒菜,说:"后厨听闻官人赏识,即刻开始准备好菜,客官少安毋躁。"金竹扇取开壶盖,闭眼闻香,连夸三声"好酒",伸手给威猛汉子斟满,又给自己满上,举杯一饮而尽。

向来不会有主人给家丁斟酒的,我顿时对他更加钦佩不已,想起在羊庄捡剩菜吃的场景,有些出神。金竹扇好似看透了我的心思,笑道:"他虽是我家丁,我却当他是陪我长大的兄弟。我这人向来憎恨繁文缛节，令人不痛快，博士无须拘礼，有好菜只管端上。"

我去后厨将此事一说，人人皆啧啧称叹，只有陈德公躺在竹椅上闭目不言。我催促厨工赶紧烧柴生火，勿让客官等得急了。陈德公抬眼吩咐道："做一道花炊白羊，一道咸酸蜜煎，一道江瑶鱼肚汤，够了。鲤混儿，去择菜，前堂的事不归你操心。"

我应了一声，闷头坐回水窖旁，那是我平时干活的地方。那时我心里仍觉得陈德公是因见不得贵人，与我置气。

如此过了一个时辰，祥来冲进后厨，吼道："不好了，巡捕闯进来了。"

我和陈德公、张酒师等人赶到二楼，金竹扇和威猛汉子仍在桌旁吃喝，仿佛看不见桌旁站着的四个带刀的巡捕。江掌柜也到了，在一旁与一长袍短须的男子行礼，那男子四十岁上下，面露疲态，有气无力，瞥了一眼金竹扇后高声叫道："有百姓举告这里买卖私盐，我等奉命前来查办，这里谁当家？"

江掌柜倒也不惊，拱手道："小的是本店掌柜江文，小店规矩经营，后厨所用的都是正经官盐，每一笔都有账目收条，绝不敢犯此大罪。请官人明察秋毫。"

那男子挤出几分客气在脸上，回了个礼，又转脸收了神态，高声道："查办私盐乃是衙门之职，既是有人举告，卑职等人自然是要来尽职的。办案讲究真凭实据，若无人证物证，我等岂不成了枉法之徒。"

江掌柜道："正是如此，请官人到后厨查验。祥来，今日酒楼不做买卖，去关门谢客。"

祥来领命下楼去了，江掌柜正要领巡捕前去后厨，长袍男子拉住他，回复笑脸，道："不必了，不必了，我问问便可，问问便可。"说罢又收了表情，抬头高声叫道，"清河酒楼买卖私盐，可有人证？"

话音刚落，威猛汉子在身后答道："我乃人证。"

长袍男子又问："可有物证？"

金竹扇答道："桌上菜即物证。"

长袍男子叫道："人证物证俱在，不得抵赖，来啊，将掌柜的拿下，随我押往衙门大牢。"

四个巡捕齐刷刷抽出佩刀，架在江掌柜脖子上，两人在旁，两人在后，架住江掌柜的胳膊，令他动弹不得。

我吓傻了，从小我只见过费铁匠打的铁耙、锄头，还从未见过寒气逼人的杀人兵器。眼看四把刀只需稍稍再蹭上两下，江掌柜的脖子就成了菜墩上的羊里脊，必然掉下不少肉来。我忍不住冲上去，却被陈德公拉住。我心急如焚，只觉得自己喘气如牛，每一口气都在喷火。

我就这么喘着气，盯着那四把寒刀，盯着盯着就觉得汗下去了，全身发冷。巡捕拿刀架着人，长袍男子昂着头，却没有人动腿，整个酒楼只有金竹扇在自顾自地饮酒。杵了有半炷香的时间，长袍男子又问了一句："你可认罪？"

陈德公抓我的手松了下来，不再使劲，我虽没弄明白却也不再想冲上前去。江掌柜隔着刀说："官人，我无罪可认呀。"

长袍男子"哎呀"了一声，蹿到江掌柜面前，拍着手道："让你认你就认，你认了就好办了嘛。认了认了，我替你认了。咳咳，呃……犯人已认罪了，认罪了。"

张酒师怒道："你是哪里来的捕头，怎么还能替人认罪的？就是上刑逼供也要走一趟公堂见见通判大人，我看你才应该被押去大牢。"

长袍男子慌慌张张地指着张酒师，颤抖着嗓子道："你你你，别说话，听我的。"说罢照例抬起头，高声道，"犯人已认罪，清河酒楼私用私盐，罪该万死，本官念其是初犯，以罚代罪。二位人证举证有功，当重重有赏。呃……不如这样，就由人证裁定如何惩戒，清河酒楼必须照办。判决如此，不得有异议。"

巡捕把刀从江掌柜脖子上拿下来，但仍握在手里，围在他身边。长袍男子一颠一颠地跑到金竹扇面前，道："大官人，您看如何惩戒？"

金竹扇放下筷子，慢悠悠地起身踱步，沉思片刻，道："清河酒楼如此大胆，即便今日重罚，将来也未必改过。若是天天都靠我等良民举告，难免令衙门蒙羞，应想个万全之策，既让清河酒楼能造福颍州百姓，又能保证其遵规守法。"

长袍男子点头道："对对对，所言甚是，不知是何万全之策。"

金竹扇道："这私盐我一尝便知，在下毛遂自荐，亲自来监管这家酒楼。肖某必当尽心尽力当此大任，不负衙门所托。"

长袍男子继续点头道："如此甚好，果真是个万全之策。只是监管偌大一个酒楼，必然费心费力，大官人不免太过劳累。"

金竹扇摇摇扇子，拱手对江掌柜作揖道："肖某一介草民，能为衙门出力已是荣幸，只要能保颍州城一方平安，肖某在所不辞。"

长袍男子对江掌柜道："掌柜的，有这般贵人相助，可真是修来的福气，还不快谢过肖大官人。"

江掌柜抬手行了个礼，问道："不知肖大官人要如何监管小店，且让我等提前做个准备。"

金竹扇立刻回了礼，笑道："掌柜的见笑了，肖某哪懂得经营酒楼，只是和气生财，想交个朋友，谈不上什么监管。只需每月按时将酒楼账簿送来给我查验，无误后即可带回，另酒楼营生所得要拿出两成交我保管，仅此而已。"

　　"两成？"江掌柜惊道，"小店薄利尚不及三成，你就要拿去两成？"

　　"少安毋躁，少安毋躁。"金竹扇快步上前，先是给江掌柜作揖，又隔着江掌柜给我们作揖，满脸歉疚道，"实属无奈，切勿责怪。贵店买卖私盐已备案在册，肖某身负掌柜的所托，要每日派人扮作百姓光顾酒楼，如此万一官府严查，肖某就有证据证明贵店无一日用过私盐。两成营生，说是由我保管，其实都是要回到贵店账上的。肖某是一文钱也不留，甚至要倒贴的。如此打算，全是为了贵店啊。"

长袍男子叹道："大官人如此诚善，实乃我颍州之幸也。"

在以后的数十年里，我也曾见过不少强盗奸邪，提刀杀人者自诩盖世草莽，阴险狡诈者自认谋略乾坤，而像金竹扇这等自得其乐者从未再遇到过。只见金竹扇面色凝重，低头垂眼，宛如我丢了羊被徐管家训斥时的模样。又见长袍男子双目噙光，啧啧赞叹，如同费铁匠谈起他大儿媳没等到产婆就自己生了一对龙凤胎一般神气。一时间我竟有些恍惚，在心里问自己是不是看岔了。

江掌柜此时已定下神来，先回了礼，缓声道："小的懂了，大官人煞费苦心，实乃小店的贵人。实不相瞒，小的并非酒楼的东家，如此喜事，我当快马加鞭去禀报东家知晓，七日内必登门致谢。不知肖大官人意下如何？"

金竹扇拍手称快，道："甚好，有劳掌柜的了。"

长袍男子舒了口气，道："既然如此，那今日就不叨扰了，我等这就回衙门复命。走。"

"且慢。"金竹扇拦下长袍男子，"官人留步，案子尚未办完，如何复命？"

长袍男子面露难色，小声道："大官人，你们不是已经约好了吗？卑职这可以结案了。"

金竹扇义正言词道："私盐一案确已结案，可这私酿酒曲之罪，衙门就不管了吗？"

"私酿酒曲？"张酒师怒目圆睁，冲金竹扇吼道，"我们用的都是从官府买来的酒曲，正店的招牌也是州府衙门亲印准许，如何会私酿酒曲？"

"别吵，别吵。"长袍男子转身对金竹扇道，"大官人，这私酿酒曲，又该当如何呀？"

金竹扇却也显得慌张，同先前一样，先是给江掌柜作揖，又隔着江掌柜给张酒师作揖，满脸委屈道："私酿酒曲以致国库空虚，乃是影响国本的大罪。清河酒楼明面上购买官府的酒曲，私下里却自酿出售，上瞒朝廷，下瞒百姓，实乃罪上加罪呀。"

"你……血口喷人，何来证据？"张酒师容不得他人冤枉，脑门青筋暴出，眼珠子都快飞出来了。

"证据？有，有。"金竹扇连连点头，回到桌旁举起酒壶，"肖某方才喝的，便是私酿的酒曲，铁证如山。"

"你说是私盐就是私盐？你说是私酿就是私酿？"张酒师质问道。

金竹扇叹了口气，放下酒壶，难过地回答道："是。"

张酒师当即冲了上去，伸拳要打金竹扇，尚未近身，只见威猛汉子猛一拍桌，一步蹬起踹在张酒师胸口，张酒师侧身飞了出去，摔在柱子上，瘫倒在地，捂着胸口吐血。

金竹扇忙跑过去，对着张酒师一通拍背抹胸，带着哭腔对威猛汉子叫道："你是哪里来的强盗，怎么如此残忍，平白无故将人踢成这样。这位兄台只是惊喜过度，又不是来打我、杀我，你这样踢他，让世人以为他与我有怨，岂不颠倒是非黑白。来人啊，快请郎中。兄台你千万保重。"

张酒师喘着粗气，挣扎着要起来硬抓。陈德公一把推开金竹扇，搀过张酒师，命后厨的徒工扶他坐下。金竹扇眼巴巴地望着张酒师，脸上像是死了亲人一般悲切，眼角甚至落下泪来。

长袍男子哆哆嗦嗦跑到中间，劝道："切勿动手，切勿动手，大官人，下面该怎么办，卑职没有准备呀。"

金竹扇拭去眼泪，摇起扇子悲泣道："清河酒楼私酿酒曲，罪上加罪，罚每斤酒交十文钱，同样由肖某保管吧。"说罢又拉过江掌柜的手轻抚道，"掌柜的，肖某也只能尽到这份心了。"

江掌柜咬着牙答道："小店最好的羊羔酒四十文一斤，平常百姓喝的多是焦陂小酿，才十五文钱一斤。大官人只取十文，真善人也。"

金竹扇点点头："掌柜的不必谢我，肖某义不容辞。"

张酒师"哇"的一声呕了一摊血，挂在下巴上，脸色苍白，两眼却直勾勾盯着金竹扇。长袍男子见状，叫道："清河酒楼私酿酒曲，罪大恶极，来啊，押上主犯，随本官去后厨搜查罪证。肖大官人，卑职去去就回。"说罢对巡捕使个眼色，噔噔噔下楼去了。巡捕推着江掌柜，徒工扶起张酒师，我和陈德公也跟着到了后厨。长袍男子将一众人等推进厨房，插上门闩，转身给江掌柜行礼，泣道："得罪了，诸位仁兄，我乃颍州司理院主簿孙凡，并非衙门捕头，今日所为实属无奈，只是前面那两位咱们着实惹不起，再纠缠下去你我都性命堪忧。我知你们东家贾运与陆经陆知州、吕夏卿吕知州相识，但陆知州已调任他乡，吕知州英年早逝。不如今天先忍一时，从长计议，或许有一线转机。"

陈德公道："那两人是何来头？居然连州府都不放在眼里。"

"哎呀，这……这该如何说起呢。实不相瞒，那衣着华丽者原名唤作厉颖儿,是东市油铺家的后生;莽撞汉子名叫吴昌,是他养的护卫。厉颖儿的爹爹厉油郎老来得子,对他极为宠溺,养得他性情狡黠,顽劣张狂,不但不学无术,每日寻欢作乐,还时常对他爹娘打骂欺凌,是个十足的破落混子。为了供他快活,他爹娘要推石磨榨油到三更,即便如此,仍禁不住他败光家产。"

祥来和一众徒工搀扶着张酒师去寻了郎中,孙主簿对江掌柜、陈德公和我继续说厉颖儿的过去。那厉颖儿花钱如流水,只要兜中有钱就风月不归。待到一日,厉颖儿两手空空回到家里,才发现已经有人拿着他输掉的油铺房契来店里收屋。他爹娘跪在门口哭求来人宽限几日,起了争执,引来街坊四邻围观。厉颖儿恼羞成怒,上前厮打起来,发怒的原因却不是来者辱其父母,而是爹娘让他丢了脸面。厉颖儿在街口与他爹对骂,爹说儿子混账,儿子说爹无能,一时间引来不少人,其中就有一位外来的公子。

厉油郎痛心疾首,伸出满是老茧的双手,又拽起厉颖儿白皙秀气的手掌,讲起自己老两口如何含辛茹苦,却教出这么个不肖子。街坊看了无不难过动容。那厉颖儿气急败坏,嚷嚷自己再不认这个爹,也不叫厉颖儿了,就以五指为名改叫厉掌儿。

那时四邻都以为厉家算是完了,谁料只过了一日,便有人给厉家送来了钱币和房契,还请厉颖儿去了一趟那儿。就这一趟让厉颖儿平步青云,一下成了颍州城最惹不得的主儿。

我年幼无知,自是听不懂孙主簿之言,倒是陈德公压低了嗓子问道:"官人说的那儿可是……颍王府?"

孙主簿眼睛一亮,连声道:"正是,正是,那年是治平元年,官家刚进封颍王，颍地自不比四京繁华，官家时常便服出游，正巧遇见厉家闹剧，便记下了。从此厉颖儿与官家日夜相伴，深得宠幸，颍州百官都看在眼里。官家回京后，每个月都会派人送来厚礼和书信，有时还会请他去汴梁相聚。如此背景，州府又怎能管得？所以卑职一个文笔主簿，专替衙门伺候着。实不相瞒，今日我在酒楼外等了足足两个时辰，才等到吴昌扔筷为令，上来演此一出，得罪，得罪。"

陈德公凝神道："那便是了，我刚见他时便觉得眼熟，听孙主簿一言，总算想起来了，我曾在集英殿见过此人。"

孙主簿问："此话怎讲？"

陈德公继续道："集英殿始建于太祖皇帝，原名广政殿，仁宗皇帝改名集英殿，是策论进士殿前御试之所，平日里只偶尔用来议事。只有每年的春秋大宴，宫里才会在此设宴。那次官家一反常态，下旨命御厨设对宴，即只设两席，却未下旨于堂厨与翰林司，所以我记得清楚。"

"这……兄台原来是从宫里来的，失敬。"孙主簿道，"兄台说的未下旨于堂厨、翰林司，是何意？"

陈德公解释道："宫中后厨众多，挂御厨匾的只为官家做膳，挂堂厨匾的为王公大臣做膳，挂翰林司匾的为翰林学士做膳。官家只命御厨做对席，就说明他是要单独宴请重要的客人。那一宴，要尽尝天下美味，我等老厨子轮番前去伺候，我在客席旁切了半个时辰的羊肉才退下，那客席上坐的便是这位肖大官人。"

我当即问道："他不是姓厉吗？"

孙主簿道："治平四年正月官家登基，五月圣旨便到了厉家，赐厉颖儿姓"赵(赵)"。圣旨中还说,厉颖儿陪驾有功,特将"趙"字中的"走"字拿掉,赐姓肖,意为'不走之趙',替官家福庇颍州一方水土。渐渐地坊间便称厉颖儿为小天爷,老天爷是皇帝,小天爷是他厉颖儿。"

陈德公道:"京中曾盛传,官家得以封为太子而登大位,是因遇到了肉身菩萨。那菩萨化身凡胎,以世间极恶点化世间极乐,官家顿悟成佛,才做了天子。"

孙主簿压低了声音,靠近陈德公悄悄说道:"原来汴梁也是这么传,江湖上众说纷纭,说为子不孝是世间极恶,荣登大位是世间极乐。官家是先帝长子,进封颍王,离这极乐宝座只差这不孝子的点化……"

"立颍,立长……"

孙主簿慌忙行了礼,急道:"时辰不早,我等且去给肖大官人有个交代,免得再生祸端。他若说什么,掌柜的权且应下,再图后计。"说罢一众人等匆匆赶回前堂二楼,却不见了人影,桌上放着那把金竹扇,上面用油渍写着"好酒菜"。

第四回　费二郎西市惹祸端　穷伙计月下问真章

有一种说法，人是有气的，不是口鼻进出的气，而是全身上下散发出来的一种念气。念气昂升则运升，运升者精气旺盛，野地里撒尿也能捡到铜钱；念气坠落则运落，运落者精气衰败，喝凉水也能呛死。一人之气是如此，一众之气也是如此，至于一国之气，后人也许自有评说。自从贾主户和江掌柜去过肖大官人的府上，清河酒楼的气就变了。我时常见江掌柜盘账到子时，在酒楼的账台里叹气。贾主户几乎每日都要来店里，眉宇间再无开张那天的神气。酒楼上下终日里如阴云密布，让人难以喘息，客人越来越少，不到两月便门可罗雀，店里伙计也像是奔波了一天，疲惫不堪。

张酒师调养了半月，我再见到他时，人瘦了一圈，采摘桂花时的灵活气也不见了踪影。他回来酒楼后得知酒楼已不再售卖平价酒水，酿酒的活也停了下来，气结呕血，抓住陈德公的胳膊无声悲鸣。来过两次酒楼之后，张酒师就留书封入酒坛，托人带给掌柜，不告而别。陈德公对我说张酒师回汴梁试酒去了，不久便会回来，可惜那时我已没那么好骗，冥冥中已觉得此生再也见不到张酒师了。

那几个月里，每逢初一、十五，酒楼便闭门谢客。陈德公带着一众徒工出门去，至天明方回。我听得祥来说，他们是去肖大官人的家里做饭伺候，每次皆是满座宾朋，歌舞杂耍彻夜不眠。肖大官人酷爱演戏，每逢喝到高兴处，跳下席来，演个武将虎虎生风，演个书生秀气精神，演个娇娘子遮遮掩掩欲说还休，无不令人佩服。只是祥来没工夫欣赏肖大官人精湛的技艺，他和陈德公一行人不仅要置办好席间酒菜所需，还要在旁细心伺候。若有客人吃不得什么菜肴，立刻就要拿下去换上新菜；若有客人喝到呕吐弄脏了席位，立刻就要扫清抹净。更有因肖大官人演得太好，沉溺其中不能自拔的宾客，还不能贸然打搅。祥来本来天生一副弥勒佛的笑脸，却再也见不到笑意，脸上横肉纹里塞满了委屈和哀怨，打算进店的客人见了这副嘴脸，多半会露出鄙夷的神色扭头而去。哀怨聚集得多了，就像酒楼换了招牌，只要走近酒楼就仿佛觉得全身不对劲，更别说有什么食欲了。

陈德公很少再找我说闲话，尤其是他在宫里当御厨的事。没有人对我说上句，我接下茬的功夫也退步得厉害。江掌柜问我愿不愿回前堂做博士，我竟回答他鸭子煮汤不能放雕花金橘叶儿。我是不愿意去做博士的，不是嫌腿活累，而是羞于走眼看人不识好歹，又学不会祥来挤肉假笑，再不敢诚心伺候了。我随江掌柜到了前堂，才发现福来和禄来已回了乞丐窝,吃起百家饭了。

关于肖大官人的事,在酒楼成了贾主户、江掌柜和陈德公的忌讳,在我们伙计中却是热烈的话题。我打听到清河酒楼之前的东家也曾是颍州城响当当的大户人家,其子还考取了功名在外为官,后来突然就家道中落,静悄悄地消失了。我还打听到肖大官人自己就是颍州到江淮之间最大的私盐商和私酒商,但凡只用官盐、官酒的大户都会被他"照顾"一番。然而最令人艳羡的是坊间称赞肖大官人的百姓多不胜数,老人赞其尊老携幼、礼让谦和,穷人赞其广施恩惠、仁慈善德,女子赞其美貌,男子赞其风雅。据说东市一带的街坊都赞其乃百年不遇的大孝子。圣旨赐姓后,厉老太公随了儿子姓肖,当着传旨官的面与肖大官人抱头痛哭,夸赞他光耀门楣,是肖家的好儿子。肖大官人自然也原谅了爹爹,不肯再让爹娘辛苦卖油,只管享清福。肖老太公腿脚不好,在家上茅厕要坐轿子去,而且常年闻惯了香油,一闻屎尿就烧心。肖大官人便单修了一处通风的院子,种满了香花异草,让老太公在院子当中如厕。他还定做了一架风机,由两个家仆鼓风吹拂,若是老太公坐得久了,厨房还会送来茶水点心。这抬轿者、鼓风者、送食者皆是重金从东市请来的老街坊的后人,夸赞起肖大官人的孝心都说是亲眼所见,不得不令人信服。

我时常恍惚,肖大官人是否有兄弟两个,坊间传说的是一个,而我见过的则是另一个。与我同感的还有祥来,他辗转反侧了多日,对我说:"混儿,我想通了,你看我在门外笑脸迎客,可我心里苦着呢。心里苦脸上也得笑,这就叫身不由己。人长大了就得身不由己,笑非笑,哭非哭,笑亦是哭,哭亦是笑,看你面前的人想看你笑还是想看你哭。"我听了恍然大悟,祥来没读过书,甚至没见过教书先生,琢磨起大道理来却是孜孜不倦。我无言以对,自愧不如,可惜我没来得及告诉他,人这一生未必需要懂得那么多大道理,即便是懂了,也未必需要当作人世间的金律。

那年的除夕,贾主户带我回清河庄过年。庄里的习俗是在主户家吃年夜饭,那也是一年到头最丰盛的宴席。与往年不同的是,那年我有座位,还是和庄里成年人并桌的。童木匠乐呵呵地摸我的肩膀,对我说:"鲤混儿,你见过世面了,以后不能叫你乳名了,你叫什么来着?就是那个文曲星神仙老头取的。"

"叫王善,鲤混儿大名叫王善。"徐管家将酒壶摆上桌,"说了几遍你们都记不住,鲤混儿不小了,过两年就要娶娘子的,不要混儿混儿地叫他。薛先生说,若是再能遇到那位欧大官人,请他为王善取字,就算是行冠礼了。"

"王善,我记得了,只是混儿叫顺口了,乍一改口倒不习惯。"童木匠道。

"不妨事,庄里人都是家人,混儿叫着也亲切。卢家婆婆以前还叫我贾哥儿,我也不曾觉得不自在。"贾主户见人都在了,招呼所有人入席,自己先捧起一海碗,斟满了酒,对众人道:"诸位乡亲,贾某入主咱们清河羊庄已有十五个年头,没别的,都是诸位的抬举。和往年一样,第一碗酒,贾某敬了,愿咱们庄年年风调雨顺,岁岁平安。"说罢一饮而尽,众人齐声叫好。

贾主户又斟满一碗,举起道:"贾某发过誓,羊庄的恩情要还一辈子,我虽名为庄里主户,却从不敢以主户自居,即便已不在庄里居住，说过的话也从不敢忘记。这第二碗酒，愿咱们世代修好，子孙和睦。"说罢又是一饮而尽，众人再叫好。

捧起第三碗酒，贾主户道："今日我从酒楼里带了举世的好菜，大家都不必拘谨，长辈的有长寿礼，小辈的有压胜钱，兄弟爷们，喝将起来！"

我不懂规矩，只好跟着童木匠，他举杯我举杯，他叫好我也跟着附和。往年我只能在屋子门口玩花灯兔子，酒席里说些什么我也听不清楚。今年是真真正正见过贾主户站堂祝酒，一次是酒楼开张之日，一次是年夜饭。越是人多的场子，贾主户就越显得器宇不凡，大方得体，让人心服，这大概就是童木匠嘴里说的见过世面的样子。而我也能领会他没说出嘴的意思，光是见过世面必然是不够的，还得手里拿着世面，玩得起这世面背后的东西。

徐管家运到庄里的都是从酒楼搬来的酒，那酒在地窖存了数月，更是值钱的好东西。庄里的男人从未喝过如此美酒，个个酩酊大醉，连费二郎这身体粗壮的年轻汉子也面红耳赤，趴在桌下呻吟。我不胜酒力，只喝了一碗便口干舌燥，受不了撒起酒疯的乡民，跑到门缝火盆边听徐管家和童木匠醉醺醺地说话。

清河羊庄原本是颍州的马场，早在前朝梁国时期，所向披靡的沙陀铁骑就曾驻扎在此处守卫开封。太祖皇帝开国后，一度将颍州至江淮的平原立为战马场，广引天下良驹在此喂养。蜀地的河曲马、荆楚的利川马都曾是边疆战马的主力。自从宋辽两国缔结澶渊之盟之后，边疆无战事，马匹所需锐减，养马无利可图，空耗国库，便有朝臣上奏削减马场，并将十三年以上的老马售卖。马肉不可食，亦不可耕田犁地，老马驾车尚不如牛车耐用，于是朝廷又令马场约束繁衍。如此不过数年，中原纯种良驹所剩无几，大型马场多半荒废，仅有少数喂养赶镖杂马的小马坊还在城郊经营。

颍州马场曾以滇马和黔马为种，专门为镖局驿站配养过一种矮脚短腿马，耐力奇好，可负重二百斤行走，三日不歇。但这种马性情呆痴，听不懂人话，往往走着走着货物掉了，马也不会停下。久而久之，马场无人问津，马圈杂草丛生，难得听到一声马鸣。马场主户见状，只好将荒废的土地租给当地的雇户开垦，越租越多，最后只剩下一圈圈的空马圈。

至和二年，马场主户无心经营，召集了所有雇户，请他们推举一个人来做马场的主户，但雇户中无人能负担如此高昂的卖契费用。最后马场主户找到了尚是担货贩子的贾运，请当时的知州李端愿为证，由清河马场的一百七十户雇户按人丁分摊出钱，借给贾运用于接手庄园土地。贾运再以庄园土地作保，用于欠债的抵押。如此，贾运成了清河马场名正言顺的主户，而庄里的雇户则是主户的债主。庄园的土地因已被债务质押，主户无法转作他用或出售。庄园的雇户除了正常交租以外，每年还能收一点利息，更不愿意离去。李知州就马场交易一事上书朝廷，推举全国实行，以重新利用荒废的农场庄园。仁宗皇帝以为可行，于次年调其回京。

贾运的担货买卖干了二十年，多是将颍州特产的食材送去东京汴梁和南京宋州。他深知中原的贵族嗜食羊肉，尤其是在宫廷之中。真宗皇帝时期，汴梁便传出宫中曾日烹成羊三百五十只，一年要吃掉数十万斤的羊肉。于是他将清河马场的马圈改为羊圈，生意果然不愁，仅颍州城内的富户就所需不少。与西北、辽国所产的羊相比，中原羊价廉物美，只是产量低，肉紧体瘦，贾主户的羊场逐年扩建，成了颍州城外的富庶庄园。

徐管家和童木匠都表达了对贾主户不忘本的佩服，生意虽大，庄园仍然是家。

只有费铁匠一直寡言，费家的祖训是不能喝酒，打铁的喝酒犯忌讳。费二郎说他爷爷因为一壶好酒没敢喝，又舍不得藏起来，放在手边时不时闻一闻，结果失手泼到炉子里，把宅子烧没了，他们一家才背井离乡落户至此。费铁匠痛恨饮酒，如同痛恨费二郎进城没挣到钱，这种痛恨一旦涌上心头，就像耳边在奏着一曲悲凉的挽歌。那挽歌唱着上一代不是东西，下一代不成气候，两代人都不争气，唯独自己要肩负一切苦楚。费铁匠在宴席上只顾吃菜，被众人耻笑也不在意。贾主户对他举杯，祝费家过年好。费铁匠硬生生站起来，举起茶碗道："主户，我费家自落户在此，从不给庄里添烦扰，也未找主户帮过什么忙。我费家自力更生，两个儿子都能养活自己，承蒙庄里太平，我一家不再流离，还望主户好生照顾。"

贾主户连道："是是是，费老哥是庄里头等的人物，切不要说这见外的话，若是有用得着贾某的地方，只管招呼便是。来，饮了！"

费铁匠喝茶的姿势倒与喝酒无二，仰天一口，茶沫顺着耳朵根流淌下来，甚是洒脱。费铁匠放下空碗，对贾主户说："时辰不早了，我且回去看看大郎来了没有，将这没出息的弟弟抬将回去。"说罢拱手告辞，也不看正抱着桌腿叫爹爹的费二郎一眼。

费铁匠的秉性庄里人都清楚，为人刚直，不近人情，极少出来走动，只顾着烧炉打铁。费大郎外出他县自立门户后，费二郎就是唯一的帮工。费铁匠嫌费二郎毛手毛脚，并未让他学打铁，只是让他卖货。他打了多少，费二郎就要卖多少，卖不出去便是责骂敲打，最惨的是举着锤子追得费二郎满庄跑，一直跑到羊圈里藏在水槽底下。后来费二郎懂事了，经常请邻居串门，又或是勾引年幼的孩子到他家闯祸，这让他爹没那么多工夫专心打铁，产量降了几成，他卖起来也便没那么辛苦。也正因为如此，费铁匠对庄里人更加厌烦，每日里黑冷着脸。反倒是费二郎灵活机敏，庄里人喜爱得多。

我记得费铁匠说过从未给主户添过烦扰，但到了开春的四月，有一天我正在前堂抹桌子，费铁匠跌跌撞撞闯进酒楼，扑在账台上哭喊着："主户呢，主户呢？救救我家二郎。"

贾主户正巧在后厨和陈德公议事，急忙赶来，费铁匠扑上前道："主户，我费家从未烦扰过你吧？二郎你得救救他。"

贾主户忙说："未烦扰，未烦扰。"

费铁匠抓着贾主户的袖子，喘着气说："方才有人去庄里报信，说二郎在西市与人争斗，我赶到时已见不到人影。周边的小贩说是来了巡捕把争斗双方一齐抓去了。我又赶去衙门打探，被看门的赶了出来。主户，听说你与衙门里官人相识，快去救我二郎出来。"

贾主户道："好端端的怎会与人争斗？你先莫急，我即差人去打探。"

费铁匠道："不是你儿子，你当然不急，我家二郎从不与人争斗，定是有人害他。你认得太守，招呼两句的事，怎还差人去打探？"

江掌柜在一旁道："太守？太守是哪朝的称呼了。老哥哥怕是多日未进城里了,那吕知州早已病故,颍州如今哪还有什么太守?"

费铁匠瞪了掌柜一眼,道:"城里人欺压百姓惯了,没有太守,怕是更无法无天。我家二郎现不知在何处,还有人在这说风凉话。"

江掌柜一愣,抱着算盘到后房去了。

贾主户道:"罢了,我亲自去衙门一趟。你在此稍坐,切勿走动。祥来,你跟我一道,若是有什么消息也有个传信的人。"

祥来跟着贾主户便去了,午时出门,申时方回。祥来一进门便抄起水瓢大口喝水,边喝边嚷道:"渴死了,渴死了,衙门口连个树荫都没有。"贾主户也是满头大汗,招呼我倒茶水。费铁匠冲上前去问道:"怎么耽搁到此时,我家二郎呢?为何没一起回来?"

贾主户道:"你且少安毋躁,已有消息了。二郎早间确与人在西市争斗,互有皮肉伤,此时已在衙门大牢里上了药,等候吕知州发落。"

费铁匠大怒:"方才跟我说吕知州早已病死,此时又说等候吕知州发落,糊弄我是不是?若是嫌二郎命贱,不值得与知州通融,直说便是,白白耗我两个时辰在此干等。"

贾主户慌忙将嘴边的热茶放下,拉过椅子让费铁匠坐下,解释道:"哪里是糊弄你,病死的吕知州姓吕名夏卿,现在的吕知州姓吕名公著。吕知州昨日刚到任,尚未通告。费老哥你勿要着急,打架并非什么大罪,二郎不会有什么事,顶多在牢里吃两三天苦头。"

"顶多在牢里吃两三天苦头?你说得轻巧,谁不知道那大牢进去一日就脱层皮,我怎能忍得两三日?既然已经有新的知州官人了,你快去寻他,让他放了我家二郎。"费铁匠紧抓着贾主户的胳膊,怒目圆睁,不让他喝水。

"老哥哥。"江掌柜在柜台后道，"衙门大牢又不是包子铺，说来就来说走就走，说放人就放人的。贾员外为你奔波半日连口水都喝不上，听你这吆来喝去的，像是贾主户欠你钱一样。"

费铁匠抬高了嗓门道："是欠我钱了，怎么的？"

贾主户也连连点头："是欠他钱的。"

江掌柜一愣，又抱着算盘到后房去了。

贾主户拿开费铁匠的手，按他坐下，道："你且宽心，大牢我打点过了，二郎不会受罪的。你先回去，有消息我立刻差人去报你。"

费铁匠长泣道："我哪有心回去，二郎尚未婚配，若有什么三长两短，叫我们老两口怎么活！"费铁匠念叨三四句竟放声大哭起来。有客人正跨进酒楼半步，见状又悄悄退回去了。贾主户无奈，只好先去关门。关到一半，费二郎跳进店里，问道："爹爹，你为何在这里？"

费铁匠的哭号声戛然而止，望着费二郎胳膊和腿都完好，扑过去搂住叫道："二郎，你可回来了，那些衙门里的腌臜畜生没把你怎么样吧？"

费二郎忙堵住费铁匠的嘴，身后又跟进来两个巡捕，黑着脸盯着费铁匠。

贾主户忙拱手让请，招呼我看座。巡捕回了个礼道："贾大官人不必多礼，我等是奉吕知州命，来请大官人作保。"

贾主户道："请吩咐。"

巡捕道："犯人费二郎，今日早间与一人在西市殴斗，被我巡捕房制止后仍伺机偷袭，不知悔改。吕知州判服徭役三个月。犯人自称是贾大官人亲戚，特来对质作保。"

贾主户道:"确是我侄儿,愿作保。不知徭役是去何处?"

巡捕道:"不远,就在大官人酒楼门前,清理内河淤泥,拓宽桥梁。大官人既愿作保,在此画押便可。犯人从下月初一起,每日辰时在此服役,酉时复归。"

贾主户道:"吕知州昨日刚刚到任便着手治理颍州积患,令贾某佩服,若是有用的到贾某的地方,敬请吕知州差遣。"

巡捕收了押状,告辞了。费铁匠上下摸索,确定了费二郎四肢健全,拉着他也走了。祥来递来贾主户一直没喝成的茶水,问道:"东家,你当真欠他钱啰?"

贾主户点点头:"欠的。"

祥来挠着腮叹道:"早知我也学打铁了。"

原本费二郎五月要服的徭役一直拖到六月才开工,据说是经费难筹。巡捕说的内河即是我每日搬货的清河,从北向南穿过西城,东城的主户和商户自然不愿意捐献。衙门反复与东西城富户商议,将原本要拓宽全部十二座桥的计划缩减到四座,再答应治理所需的石材木材、劳力所需的饭食工具皆从捐献者手中采买,或以来年的税钱抵用,才凑足经费。

费二郎晃晃悠悠地等到了服役的一天,这两个月里过得是逍遥自在。因要服役,家里的铁器必然无人售卖,费铁匠也无心赶制,只等着八月治河完工,费二郎服役结束时再说。谁料动工日一拖再拖,白白耗费了许多时日,费铁匠和费二郎的心情好似下地狱和上天宫。

治理清河首要任务是堵住西北港口的下口,令内河枯竭,方便清理。费二郎首当其冲,一人能抵两人的力气,扛起石头、沙包如履平地，让其他人恨得咬牙切齿。不到五日，清河便露出河床，泥鳅死鱼无数，百姓还从河底捞出许多钱串子。河道不能行船，酒楼每日货物便由我跟着车夫去港口拉运，我时常能见到费二郎在河道里挥舞胳膊。六月天已开始热了，淤泥腥臭难闻，费二郎却悠哉乐哉。我蹲在马车上叫他，他对我招手，他身边的兄弟也对我招手。费二郎叫道："混儿，挖泥和打铁，你看我哪个有本事？"他问我时，我只想起儿时我也问过他："二郎，放羊和读书，你看我哪个有本事？"

费二郎每日收工便来酒楼讨些吃的，有时还带着他身边的兄弟一起，那人比二郎年长，每次来都诚惶诚恐，片刻便离去。费二郎说那人名叫潘术，也是服役的徭工，在河道里对他甚是照顾。江掌柜便每日早晚多预备些吃食，让费二郎分些给潘术。

颖州的百姓见河道淤泥中能捡到钱串，纷纷拿上铲子锄头，顺河而下刨了一遍，确有人挖出些东西，但颗粒无收的居多。百姓刨过一遍后，淤泥稀松，徭工就省事许多，工期大大加快，未到八月，河道的淤泥便清理干净，两侧也填上新制的石条，不日便要放水。费二郎一众徭工到此便被遣散了，只留下修桥的石工重架宽桥。

通渠后的清河十分悦人，流水清澈，两岸干净。衙门通告全城，往后不准向河里撒尿倒潲水，如被巡捕抓到，轻者罚钱，重者罚去挖西湖。河岸两侧修了青石台阶，半没水中，方便人们洗衣洗菜。石工正在赶修的新桥，宽可并行四驾马车，横跨的桥洞，精雕的围栏，无处不显工艺之美。到了夜间，河面倒映天上的明月，波影微动，浮光变幻，玉盘散落，星斗交织，令人未饮先醉，痴迷不乏。

我那几日常与祥来趴在酒楼二楼的围栏上，乘着夜色畅谈天下大

事。祥来自小在地里放牛，说起牛来头头是道，就是从未见过活羊，因此对我儿时放羊的经历很感兴趣。我便与他说我与大角的往事。说得多了，祥来突然问我："混儿，羊除了做成美食，还有什么用呢？"

我问他是何意，祥来对着皓月若有所思，道："我也讲不好，我就是觉得，羊不该像它长的那样。这世上有虎，有狼，有恶狗，牙尖爪利，谁也不怕。这世上有喜鹊，有燕子，一飞三丈高，谁也够不着。这世上有鱼，有虾，有缩头老鳖，钻进水里，谁也抓不住。这世上还有牛，有马，有野猪，牛力大能耕地，头上还有尖角，马能长行，蹄子坚硬，野猪会刨地，还会游水。羊会什么呢？羊除了被吃掉，还有什么用呢？"

我想了想，点点头说："就算是大角那样头上长了角的，碰上疯狗也是被咬死。"

祥来拍拍自己的头,道:"真是奇怪,我只听说过虎狼凶猛,吃人都不费工夫,却从没见过真的虎狼。羊温顺可口,谁都吃它,反倒四处都有,吃也吃不完。这岂不是越有能耐的越稀罕,越没用的越兴旺吗?"

我简直惊呆了,放羊多年,我从未想过如此离奇却又真实存在的事。贾主户在庄里放养了几百只羊,每一只活着时都在等着有一天被送去厨房。有时宰羊就在羊圈边上,羊群见了也不害怕,每日仍是悠哉吃草喝水,好似它们早已知道自己活着就是为了被吃掉。它们也不担心自己这一族群会断绝后代,因为子孙繁衍源源不绝。反倒是那些在羊圈外虎视眈眈的野兽,个顶个都凶悍强壮,却日渐稀少,度日维艰。

我那时也不知这是什么道理,只觉得祥来的土瓜脑袋总能琢磨出神奇的话。以我当时的年纪,我也和他一样,只能想到羊除了好吃以外一无是处,被做成美味就是羊唯一的用处。我们都想不到这唯一的用处让单单一只羊很容易就死去,却让这一族群活了下来。我很庆幸有这轮皓月,有这条河,有这道二楼的栏杆,还有这个善于挤笑迎客的小伙伴,让我在这个年纪参透了一些道理。生而为人,上到皇亲国戚、宰相大臣,下到炊米妇人、街头小贩,活着的秘密都是一样的,都是要为人所用。有用,却不能太有用,有用过了,反倒不如无用。有用,是一个人活下去的缘由,而无用,则是一群人活下去的道理。

我后来见过权势熏天者一夜山崩,也见过小人得志者得意忘形,究其原因,是福薄的他们未曾有一夜晚,凭栏赏月,听水望桥,与祥来畅谈天下大事。

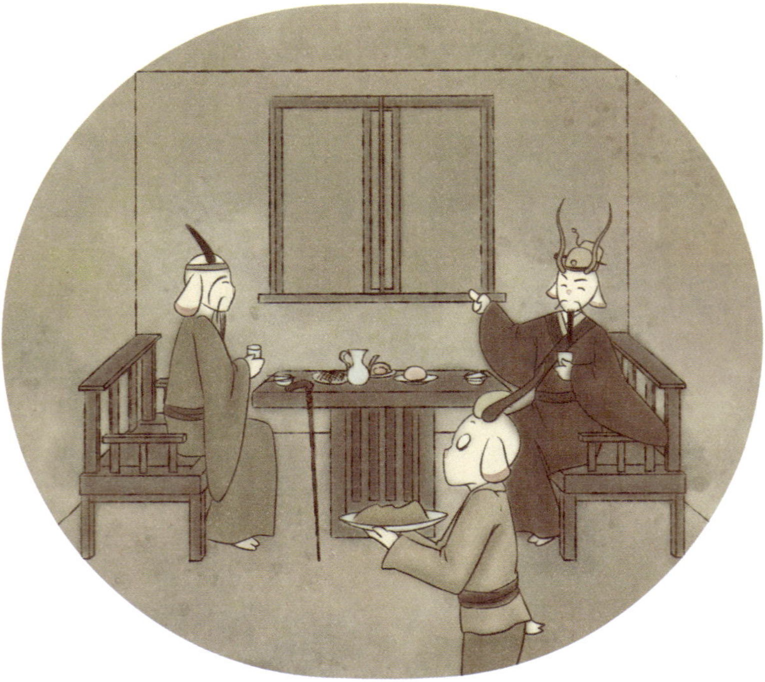

第五回　好酒楼冷清难度日　雨读阁相逢大国师

中秋将至,祥来和吉来向掌柜的告请回家探亲,掌柜的允了,如此酒楼前堂只剩下瑞来、泰来和我。若在去年此时,只我们三个人手是万万不够的,但今时今日,酒楼生意一落千丈,江掌柜除了埋头拨算盘,也没有别的事情打发时间。我在清河旁问祥来:"你还回来吗?"祥来答道:"你怎么问这种话,我是清河酒楼的人。"

祥来一走,江掌柜便让我收拾干净去门口站着,看到有客人路过便张嘴招呼。这个活我从没干过,平日里见祥来站一天不费力气,真到自己杵在门口,却宛如一根木桩,抬胳膊伸腿还算麻利,一开口就是哑巴学话,不仅没把客人招呼进来,反倒吓走了几个。江掌柜在门后直叹气,让我去后堂待着,换瑞来迎客。我羞涩难堪,躲到后厨菜架子后面,闷不吭声择菜去了。陈德公搬了竹椅在我身旁,边晃动边对我说:"在宫里,像你这么大的内侍,若是不会见人说话,保不齐就被送去了御药院。宫里每月从宫外运送药材,都让年轻的内侍先试,无毒,有药效,才准入库。宫里用药何其舍得,有病的,装病的,都得拿药当饭吃。熬不了两年,试药的内侍有没有福气,便一目了然,有的疯疯癫癫,有的肥肿残废,有的气虚干瘪,有的干脆一命呜呼。"

我生气地说:"我才不想去宫里做什么内侍。"

陈德公笑道:"你?你都没干净,宫里谁要你啊?"

我更来气了,站起来质问他:"我怎么不干净了?我身上是脏了点，但我不偷不抢不骗人，比那些欺负人的恶棍干净多了。"

陈德公一指我的裤裆，说："没干净，才是个汉子。干净了，人不像人，鬼不像鬼咧。"

我大约明白了陈德公说的干净并不是我想的那个意思，一屁股坐在地上，赌气说："那干净了，就不被欺负了吗？"

陈德公道："那可未必，干净了，就是认了，再被欺负也不在意了，这辈子就为被欺负而活着了。不过嘛，也有命好的，比如内东门司的内侍，不是大官，也是阁长了。出宫了，百姓见了要尊称一声中贵人，虽说官品不高，却是肥差。那是宫里的宦官梦寐以求的啊，但凡是宫里的人、库房的物，乃至番邦贡品、内务买卖，都得在内东门司登记留底，后宫、王爷逢年过节的恩赏，修建宫殿花园，置办酒席宴会，都由内东门司的内臣安排。那是连朝中大臣都要巴结的。"

我问："陈德公连你也要巴结吗？"

陈德公笑道："我？我巴结不上，内东门司的中贵人可看不起一个厨子，赏我去他府上为他妻妾做个点心，就算是我有福了。唉……一个宦官，深宅大院，妻妾成群，奇人之福也，哈哈哈……"

正说着话，泰来从门缝里伸出个脑袋对我叫道："混儿，来客了，二楼雨读阁伺候。"

衙门治理清河的数月里，贾主户在前堂二楼的四角加修了四个阁间，如此一来，二楼就不必摆放太多桌椅，客人少时也不会显得那么冷清。四个阁间以"晴抚河川疾驭马，雨读诸子半点茶"为题，分别命名为晴川阁、驭马阁、雨读阁和半茶阁。

雨读阁位于二楼东南角，此时紧闭着门，内窗垂了草帘，表明已有客人在里面了。我在门后候着，听阁间内传来轻轻的说话声："据说此处的厨子乃官中御厨，擅长汴梁菜肴，我几日前特意安排下人定好，只等永叔兄今日一聚。"另一个声音道："颍州乃我钟爱之地，今往蔡州赴任，路过此处，特以足疾为由暂缓行程，正好与晦叔一醉方休。你果然知我，便服出游，难得清静。"

屋内一阵欢笑，一人高叫道："来啊，有何好酒，快与我二人抬上来。"

这是在唤我进去伺候，于是我搭了汗巾，推门而入。席上正坐着二人，望之年近花甲，古朴端庄，素正雅致，一身浩然正气。我瞟了一眼便不敢抬头，弯着腰道："二位客官，不知想吃点什么？"

那人道："听说你家厨子是官中御厨，今日且被我包下了，拿手好菜，有年头的酒，速速安排上来。"

我听这口气，心头慎恐，又想起肖大官人当日也是如此做派，不由得有些迟疑。那人见我没动，催问道："为何还不快去，莫不是怕我赖账吗？"

另一人道："定是你日日赊账，落得坏名声，城里酒楼饭馆见你都怕了。"

那人又道："岂有此理，若是别处这样说我也就罢了，颍州城是兄台以为家乡之地。小博士，你家是何规矩，快与我说来！"

我心想是自己坏了事，掌柜的怕又要责骂我，只好求饶道："无甚规矩，是小的见二位官人气姿威仪，一时走神了。小的这就去后厨吩咐，好酒好菜好生伺候着。"

我揣着胆子退了出来，一路上提醒自己不能再分心瞎琢磨，要真是又遇上个肖大官人，那也不是我一个伙计能对付的。我到后厨对陈德公说了吩咐，又去酒房取了一壶羊羔酒，一壶焦陂小酿。取酒是最忧心的，张酒师走后，酒楼的新酒只能从汴梁买，许以高价，少有客人喝了说好却不心疼的。张酒师酿的陈酿一直存在酒房里，卖一壶少一壶。羊羔酒一斤原本售四十文，如今已经要价九十文。所以当有客人不问价钱便要上酒，伙计就要高低价钱各取一壶，问过客人再斟。

我回到雨读阁，捧上酒壶，怯生生道："二位客官，这一壶青瓶的是小店本酿的羊羔酒，是颍州最好的酒，九十文一斤，此一壶是半斤。这一壶白瓶的是颍州酒乡焦陂所产的小酿，三十文一斤，此一壶也是半斤。敢问官人喝哪一种？"

唤我的那人道："这是何意，难不成看我喝不起你这羊羔酒？半斤怎够，再上三壶，快来斟满。"

我心想这是真遇见富贵官人了，应了一声，小步上前，捧起茶壶一抬头，大叫一声："太公？"

太公也愣了，端详我许久，笑道："原来是小羊倌。"

我高兴坏了，倒酒的手抖得厉害，上好的羊羔酒洒了一桌。我脑中不断浮现在蛤蟆鼓偶遇太公时的场景，时过境迁，大角和它两个兄弟已经没了，椰壶没了，卢家婆婆和她送我的破洞草帽也没了。我鼻子一酸，道："太公，你老了许多。"

太公心疼倒酒的酒，拽过我脖子上的汗巾擦拭起来，问道："小羊倌怎不去读书，反而做起茶博士了？"

我答道："是读了几年书，主户说我长大了，读书吃不饱饭，便让管家带我来酒楼做伙计。"

另一人问道:"永叔兄你们认识?"

太公道:"六年前,王深父过世,我至颍州奔丧,心情郁闷,便孤身出城散心,偶遇这小羊倌,陪他去庄里见了学堂先生,讨了个人情让他读书咧。"

那人道:"永叔兄心中无一日不挂念颍州百姓,实乃此地之福也。"

太公笑道:"非也,我是讨了鲤哥儿一壶水解渴,是他先有恩于我。"又问我道,"鲤哥儿,你那过耳不忘、睹物成诗的本事,如今如何了?"

我难过道:"太公,自打我进了薛先生的学堂,这两样本事就全没了。那书读得我口舌难开,那诗背得我抓耳挠头,薛先生也没甚办法呢。"

太公哈哈大笑,道:"你这小羊倌,明明是不用功,怎么能怪起先生来。你在此做伙计,做得快活吗?"

我回答道:"比起读书,是自在些,比起放羊,又不自在些。掌柜的要我多学本事,先是让我跑堂,又要我去后厨帮工,今日还让我在门口迎客。只是我脸薄嘴笨,不会说话,才又回到里面伺候。太公,我太想你了,时常梦见你和大角到蛤蟆鼓看我。"

太公摸着我脑袋顶上的毛,道:"既是今日我们有缘分,我肚子饿了,你快去拿些吃的来。这位是我的好友,你应叫吕太公,今日我俩在此谈事,你替我们在门外守着,切勿让人打扰可好?"

我当然一口答应,欢欢喜喜关上门下楼去了。陈德公在厨房里忙活,我便在门外候着。贾主户正巧从后门进来,见我道:"混儿,怎么今日眉飞色舞,像是捡钱了一般。"

我笑道："主户，太公来了，正在二楼吃酒呢。"

贾主户问："什么太公？"

我疑道："主户怎会不记得，那年我在清河岸边放羊，遇到一丈人，是他向薛先生求情让我读书，还给我取了名字。后来主户你还派徐管家送来六礼和笔墨呢。"

贾主户凝眉沉思，道："你一说，我还真有些印象。那是你贵人，自然也是酒楼贵客，不能怠慢，我陪你一起上菜去，当面谢他好意。"

我一听，心中甚喜，贾主户是我恩人，太公是我贵人，恩人替我谢贵人，自然都是为我好。我端起菜盘，和贾主户一道上了二楼，轻敲雨读阁内门，推门而入。我道："太公，陈德公做了拿手的好菜，若是有什么不合口味，我且去换来。"

贾主户也跟着我进了阁间，正要拱手说话，脸色一惊，慌忙叩首作揖道："不知吕知州在此，有失远迎，万望赎罪。"

我也吓了一跳，不知该不该继续管吕知州叫吕太公。吕知州道："不必拘礼，我便服会友，便如同寻常百姓一般，掌柜的切勿声张。"

我看着太公道："他不是我们掌柜的，他是酒楼的东家，也是清河庄的主户。方才听说太公在此，要来谢谢你让我读书，还帮我出学礼笔墨，我以为你们认识。"

贾主户忙道："正是如此，太公是鲤混儿贵人，特来拜谢，不知太公是吕知州好友，这才冒昧了。贾某扰了二位清静，今天的酒菜就算在下请了。"

吕知州和太公相视一笑，道："小的认得你，老的认得我，你说这怨你还是怨我？"

太公笑道："你我皆不怨，既来之则安之，且尝尝这酒菜，若是美味，不白来也。"

贾主户道："还未请教，这位太公是？"

吕知州没说话，太公拱手道："在下庐陵欧阳修也。"

"啊！"贾主户眉毛胡子一起抖动，连声道："这……这……小店今日是烧了高香，竟有如此贵客。小的这就去闭门谢客……"

太公打断了贾主户言辞，道："切莫如此，我与晦叔多年好友，今日不在府上相聚，只图无人打扰。你把店闭了，只来伺候我二人，岂不是全城皆知官府知州不务正事。你且听好，此事仅我四人知道便是，若是走漏了风声，我可不保你。"

贾主户低头连连称是，不敢多嘴。太公又道："还有，今日晦叔说了，他出钱请我吃酒，你可不能不收他酒钱，让我白担这个人情。"

吕知州大笑，道："欧阳公一言九鼎，全砸在下官头上了。东家且去吧，只留小哥在门外伺候便是。"

贾主户仍是连口称是，拉着我退去。我悄声问他："太公也是很大的官吗？"贾主户在我耳边道："你太公乃当今国士，三朝元老，连官家皇帝都不敢怠慢的。"

我也不知当时是哪里犯冲，抑或是鬼神上身，转身甩开贾主户的胳膊，扑通跪倒在太公面前连磕三个响头，道："太公，元老，求你救救我家酒楼。"

我虽背对着贾主户，也能猜到他又是脸色大变，上来拉扯我的后脖，道："你莫胡说八道，快随我出去！"

我死活不走，自顾自地说道："莫当我还是孩子看不出来，若不是被那肖大官人害的，咱们酒楼怎会如此冷清。"

太公也吃了一惊，对我说："鲤哥儿，为何要行此大礼，你有何委屈？"

我挣开贾主户的手，道："颍州有个肖大官人，欺压百姓，无法无天，听说连知州太守都管不了。他来过咱们酒楼后，原本好端端的生意就一落千丈。后厨的张酒师被他的护卫打到吐血，差点死了。颍州城的大小买卖都要被他盘剥，不仅要交二成收入，还要时不时去他家里伺候。咱们酒楼的人已经走了一半了，我也快要回去放羊了。"

太公望了一眼吕知州，道："还有此事？"

吕知州眉头紧锁，道："既然小哥说起此事，我也不能隐瞒。颍州城确有此一号人物，身份诡异，传闻玄秘，牵连甚广。我刚到颍州上任，人地生疏，也知欧阳公将颍州当作家乡，爱民如子，本不想与你谈起此事，生怕耽搁赴蔡州之任的行程。"

太公叹了口气道："我既已知晓，岂有一走了之之理。"

我一听太公这是答应救酒楼了，连连磕头，贾主户也大呼："谢欧阳公！谢欧阳公！"伏在地上久久不起来。

吕知州道："既然欧阳公应了此事，定要让善恶有报。只是此事非同小可，我须与欧阳公从长计议。东家你切记勿要声张，万万不可让人知道我等今日来过你这里，以免打草惊蛇。"

贾主户道："是，小的遵命，就是豁出性命也不敢透露。"

吕知州又道："你先去吧，免得店里伙计生疑，小哥就留在这里，我且问问。"

贾主户道："遵命，我这就去后厨打点酒食，亲自送来，再将二楼闭了，只在一楼招待其他客人。二位大可放心，有吩咐便让鲤混儿来通报便是。"

贾主户弯腰退了出去，我也从地上爬起来，问道："太公，说话当真？"

太公道："大丈夫岂有言而无信之理，我当日许你有书可读，可曾说话不当真？你快将你所知道的肖大官人之事说来，我倒想听听到底是何方神圣竟如此跋扈。"

我手舞足蹈地将那日的情景复述了一遍，讲到情起时，舌根咬得紧紧的。而我也忘乎所以，将平日里听来的闲话都添油加醋拼凑在一起，统统对太公和吕知州说了一遍。说得越多，太公的眉头锁得越紧，说到最后，我口干舌燥，两眼冒光，瘫在桌上盯着酒壶。太公伸手为我倒满了一杯，我一饮而尽，再斟满一杯，我又一饮而尽，昏在桌上。

太公嘀咕道："想不到这泼皮无赖竟与争储有牵连。"

吕知州道："欧阳公切莫小看了这个卖油郎的后生，他看似泼皮，耍起手段来可是狠毒诡诈。欧阳公可认得吕夏卿吕缙叔？"

太公道："认得，我曾与他同僚为官，当年仁宗皇帝还曾向其请教治政之道，缙叔所提的时务五事着实为治国良策也。"

吕知州道："前年，缙叔出任颍州知州，赴任不久就得了一种怪病，发病后身形日渐缩小，到后来竟如十岁孩童一般大。他死后，朝廷一直未派官员赴任，有足足两年之久。"

太公道："我还从未听闻有这种怪病。"

吕知州道："此病着实诡谲，我却曾听说过。江湖上流传白莲教有一种奇咒诡毒，可令人骨肉紧缩，不治而亡。若是每日用量少，身形缩得就慢，中毒者尚不觉得自己发病，只觉得自己越活越瘦小。若是每日用量大，中毒者就会骨肉俱痛，甚至猝死。我多方寻得以前州府的老院子，他对我说，吕缙叔是夜间去世的，第二日晌午便有人送棺材来。那棺材与缙叔的身形大小一模一样，尸体放进去分寸贴合，仿佛是为他量身打造。而操办缙叔后事的，就是这肖大官人。坊间至今还在传吕知州病故时肖大官人哭到气绝之说。"

太公道："棺材是早就做好的。"

吕知州道："缙叔得病本就少有人知，病中身形每日皆有变化，那肖大官人怎么会量算得如此精准，不觉得其中有蹊跷吗？"

太公道："你是说肖大官人下毒谋害了缙叔，且每日监视，待其去世后再假戏真做，借缙叔的政望为自己贴金。"

我当时虽有些头晕，脑子却清醒，听得二人谈话，吓得不敢动弹，只能继续装醉。

太公道："此人若是跟缙叔之死有关，那就不是一般的泼皮无赖了，事关官家与社稷，不能再耽搁。你我先回府上。"

吕知州应了一声，接着我就听到钱袋放在桌上的声音，太公的声音传来："鲤哥儿，不管你真醉了没有，今日听到的都不能让外人知道，事关性命，不得大意。这段时日你若要找我，就到西湖书院来，说找醉翁先生即可。"

我听到关门声，立刻爬了起来，跑到二楼外栏处张望。太公与吕知州上了一辆带棚的马车，顺着清河一路北去了。我醉眼惺忪，脑门发热，使劲摇晃脑袋，只觉得天旋地转间，清河的水浪泛起的都是金竹扇的波光。

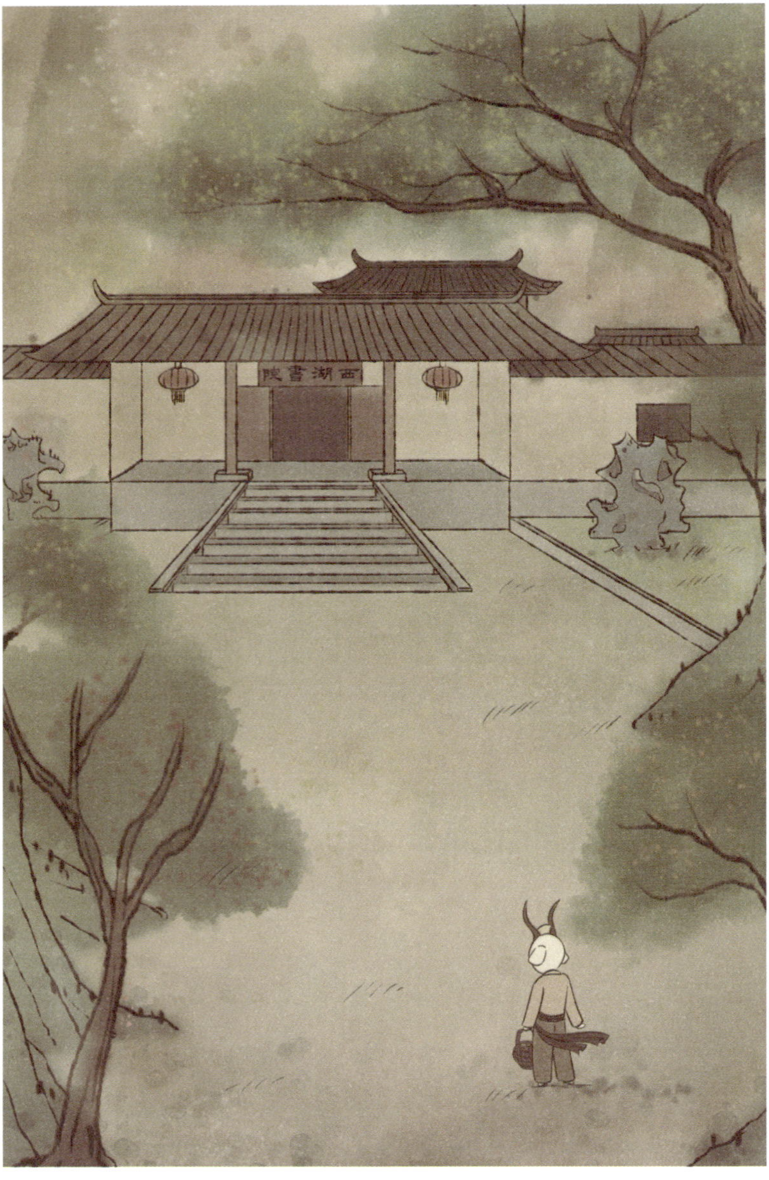
西湖書院

第六回　西湖畔初登书院门　贾主户提亲闭门羹

人一旦对一个遥不可及的目标有了希望，便是上了赌桌，哪怕只有那么一星半点的可能，赌徒的心里也会无限地放大，放大到似乎自己已经拥有了这一切。幸运的人能从梦里醒来，不幸的只能骗自己睡去。赌不是一件好事，好事却总是一场赌博。那些被逼着上赌桌的人，大多只能听天由命，口念咒语，手攥空拳，横眉瞪眼，做出种种怪异之举，只为了能给自己增添半分运气。

　　那段时间，贾主户给自己增添运气的举动，就是对我嘘寒问暖。这对我来说，算得上是受宠若惊，对江掌柜和店里其他伙计来说，即便贾主户平日里待人不薄，也算得上怪异。贾主户常在吃饭时抚摸着我的手背，问我那日后来如何如何，两位大官是何打算。我手背发痒，却不敢缩回袖子里，只能忍着回答他，当时太公让我喝酒，之后便醉倒了，没听清他们说什么。但我心里明白，这骗不了贾主户，就像费二郎骗他爹时总是会露馅一样。贾主户老是问我，每问一遍我就觉得自己快要招认了，我只觉得这世上应该没有比保守秘密更让人难受的事了。面对贾主户，我实在不知道如何瞒他。

　　我想着若是贾主户再问我一次，我就全说了算了，但我也明明白白记得太公嘱咐过事关性命，不得大意。我打定主意，跑去贾主户跟前说："欧阳公让我得空去西湖书院找他，要不我去问问他近况吧？"

贾主户思索再三后允了，让掌柜的备了辆车。我想起太公说让我去，没说让别人也一起去，便没要车，自己赶路了。

我是天蒙蒙亮时便出发，出西城门，沿官道一直向西行。这条路我印象深，采摘桂花的时候都是这样走。如今又是桂花盛开的季节，金桂十里，晨曦带香，凉风中都带着醉意。我不知疲倦地行了两个时辰，前方陡然出现成片的杨柳，茵茵翠翠中，半遮的斗拱屋檐若隐若现。我循着路穿过林荫，正前方是竹林夹道的台阶，肃正的木门上挂着门匾，写着"西湖书院"四个大字。

我一步步踏着青石板朝门匾走去，心里想着待会见到太公后的情形。他是宫里的大官，是有权有势的人，而我从放羊倌到酒楼伙计，只是个被欺负都不敢说话的草民，我有什么资格来求他犯险，去和另一个有权有势的人斗法？我怎么对太公开口呢？总不能像问后厨菜做好了没有一样，问他事情办得如何了吧？莫说我是清河酒楼一个跑堂的，就算我是皇帝寝宫的跑堂，也不敢说出这种话来。踏上最后一级台阶，我心头还是一团乱麻，定了定神，安慰自己道："就说是来找欧阳公求字的，我姓王名善，没有字。别人都是二十岁冠礼取字，我今年十五，无父无母早当家，也不算歪理吧。"

我使劲拍门上的铜环，不多时出来一个童子，年纪和我差不多大，问我："何人敲门？"

我便按太公交代的说道："我叫王善，来找醉翁先生。"

童子上下打量我一番，道："欧阳公已去蔡州赴任了，你有何事？"

我一时语塞，琢磨了半天见面该如何说话，却没想到连面都见不到。我支支吾吾道："倒也无事。"

童子笑道:"你是欧阳公什么人?无事却来找他。"

我道:"醉翁先生是我恩人,我年幼放羊时,是他帮我入的学堂。"

童子道:"先生每到一地必扩修书院,广教天下门生,帮人读书的善举多了去了,不必登门道谢。"

我问:"那先生赴任之前,有没有交代什么话?比如万一有人来找他之类。"

童子答道:"倒是有一些,只不过没有说有姓王的。"

我一喜,忙问道:"我也叫鲤混儿,太公叫我鲤哥儿,鲤鱼的鲤,有吗?"

童子挑着眼细思片刻,摇头道:"也没有。"

我不甘心,再追问:"那有没有说何时再回来?"

童子道:"欧阳公此番乃是奉朝廷之命,赴任蔡州知州,因途中足疾发作才稍留几日,怎会想回来就回来。你若有事,就去蔡州求见吧。"

我魂不守舍地在西湖边游荡,原本以为太公会在此等我,然后告诉我大恶已除,以后会将吞占酒楼的钱财一应归还,还会褒奖我是除恶的功臣。人这一生,因失望而心中愁闷,多半都源于太看得起自己,天真地以为自己应受人尊敬。若是能将这份天真拿去一半,少一些不切实际的盼头,就不至于白发三千丈,空谈满怀悲。

我直到黄昏才回到酒楼,陈德公端了碗热面糊给我填肚子。贾主户问我消息探听得如何,我便将未曾见到太公的事情说了。贾主户叹了口气,对江掌柜道:"我这一个月来数次拜见吕知州,都不曾进得门去。"江掌柜道："人有命，天注定，事尽为之，不求满福。"

从那以后，贾主户再没打听过什么，酒楼还和往常一样，晨昏运转，悲喜自知。

吉来和祥来八月底回的酒楼，祥来穿上了新衣服，显得精神许多。见到祥来我是很高兴的，他是我为数不多的能谈心的人。我告诉他这些日子我都只能一个人趴在二楼栏杆上说话，他拍拍我的肩膀说，话是要放在心里的，只有小孩子才会心里想什么嘴上说什么。我觉得他说的话很难懂，但听起来很有道理。

祥来说话再有本事，毕竟年轻，比不过陈德公有本事。但陈德公说了整整一夜，也没劝住大徒弟韦春。韦春在清晨走出陈德公的屋子，朝屋里磕了三个响头，就此离去了。陈德公许久才从屋里出来，对众人说："我不是不愿他走，更不怪他这时候走，只不过他离了这里，吃不了这口饭。"

十月十五下元节，颍州城的人要祭炉神，江掌柜和陈德公也在店里摆了香，带我们磕了头。在清河庄时，每年的这一天，费铁匠都要带着两个儿子在房顶上祭太上老君。太上老君是炉神的化身，他老人家的炉子是天地混沌幻结而成，是天下最厉害的炉子。在房顶上磕头，离天庭更近，太上老君的炉灰万一下凡，比较容易落到费家的炉子里。下元节朝廷赐休沐三日，张灯宴饮。这三天衙门停鼓，书院停学，修建停工，百姓游街庆祝。我趴在二楼栏杆常趴之处，看着熙攘的人群，热热闹闹顺街流动。

自从贾主户对我多问冷暖，酒楼里的人对我就更为宽容。我在二楼趴了一上午，江掌柜也不会来骂我，只会让吉来、瑞来多干一点。

秋日暖阳照得我昏昏欲睡，正耷拉脑袋靠在柱子上，就听西市口方向传来刺耳的鸣锣声，两排衙门官差押着一群囚犯跪在街口，我远远看见那带头的囚犯面熟，一骨碌爬起来就飞奔下楼。

我挤过人群，钻到人缝里伸头望去，那囚犯中第一排正中间披头散发的正是肖大官人，左右两边老的小的皆有，后面跪着一群哭哭啼啼的年轻妇人。在他们前面站着的有汴梁来的传旨内臣，有吕知州，还有颖州衙门的捕头。在他们背后，我还看见了司理监孙凡主簿，多日没见，孙主簿胖了许多。

捕头先报吕知州人犯已尽数拿下，肖大官人一家十一口，家丁、丫鬟四十余人。吕知州再报传旨内臣，按大宋律令将人犯及证据交送东京开封府审理。内臣手举着圣旨环视四周，人虽看着不显阳刚，眼神里却透露着阴冷的杀意。

圣旨里写着，厉颖儿谋反，剥回肖姓，发配至东海沙门岛，面北处斩。厉颖儿之父发配至岷州荔川，其母发配至江州柴桑，其妻妾发配至并州阳曲。厉氏全家即日朝东西南北四方出发，其余家丁、丫鬟由颖州府衙门一一查处，按罪定刑。肖大官人的爹娘当场就晕了，妻妾趴在地上痛哭，唯独肖大官人傲然跪立，面不改色，直勾勾盯着面前抓他、审他、判他的三个人，裤子湿了。

吕知州走到肖颖儿面前，从袖子里掏出一把金竹扇，放在他面前，回身走了。

那年的下元节，是我自出生以来过过的最快活的节日。陈德公撕开他那口铁锅封条，房门大开，做了一道东山雪。东山雪是用羊骨堆"山"，再将羊肉片成极薄，一层层叠在上面，摆成山坡山谷的样子，酒上雪白的冻羊油。最后以山楂、乌梅、无花果、橘皮等在山下摆成"花草"，从中挖出一条"沟"来，注入美酒做"河流"。那酒不是平常酒楼售卖的酒，平常的酒清淡，火不能燃。陈德公注的是他私藏的暹罗烧酒，性烈浓郁，遇火燃烧烈似干柴。据说就算平时能饮一坛好酒的豪迈汉子，顶多三杯暹罗烧酒下肚就站不住了。

上桌后，陈德公用灶火点燃羊羔酒，羊油融化，羊肉滋香，果味芬芳，一盘凉菜顿时烈焰飞升。陈德公给贾主户和江掌柜分别行了礼，口中念道："红红火火，更有一山高。"

我后来听说，肖大官人一家子是被押解着同时从东南西北四座城门出发的，以往发配犯人不是去苦寒的北疆便是西南烟瘴之地，从没听说过这种朝四方发配的。肖大官人什么时候被处斩的没人知道，但就像卢家婆婆儿子的身体一样，这辈子他们家想凑回到一起怕是不太容易了。

酒楼的客人多了起来，多是在颍州做买卖的，肖大官人升天了，好似人人都多出一大笔钱财。我猜颍州城里除了有人贪恋肖大官人美貌的小娘子外，应该没有人不高兴吧？祥来也说了，高兴和笑是两码事。笑，是这时候该笑，不笑不可以；高兴，是这时候我乐意笑，但我就算不笑也不关你事。那时我是乐意笑的，总觉得自己办了一件很威武的事。

江掌柜的眼珠子又亮堂了起来，毕竟每日拨弄算盘，那双眼睛看谁都像看着钱，恨不能从人脸上看出一个孔来。他在酒楼门口张贴了招工的告示，从前堂到后厨，有愿来此做伙计、徒工的，找掌柜的报上名帖即可。告示贴出的第二天，潘术便来了，同来的还有费二郎。

费二郎一心想让潘术到酒楼帮忙，并以性命担保潘术正直可靠、义薄云天。江掌柜好奇，问他俩如何结识的。潘术作揖道："实在难以启齿，小人在西市打了费贤弟。"费二郎忙说道："我也打了他，我也打了他，我俩是不打不相识。"

那一日费二郎背着铁器到了西市，发现原本他摆摊的地方被潘术占了。西市是官府画地，先到先得，日出开市，日落清场，费二郎虽有怨气，但也无可奈何，便在潘术摊子旁落脚。潘术卖的也是铁器，大小、成色均与费二郎无甚差别。早市开业，陆续有百姓和商贩涌入西市挑选货物，有要买铁器的客人便比对起来，其中不乏认得费二郎的熟客。

每有客人相中费二郎家的货品，潘术便在一旁说其质地不堪，锻法低劣。客人一时犹豫，便来问潘术的货价。一样的东西，潘术的价钱要贵上一倍，有好事的百姓便嚷嚷起来。费二郎也是一肚子火，旁人一怂恿，便抄起手刀要和潘术比试比试。那潘术也不惊慌，抄起一柄差不多的手刀；要和费二郎打赌，两刃相砍，断者输，输的人当场磕个头，从此不在西市卖铁器。

费二郎从小在费铁匠的锄头锤打下长大，哪里肯服一个同龄人，当下挥起千钧臂朝潘术砍去，引得众人一阵惊呼。潘术双手举刀，迎头一挡，只听当啷一声，费家手刀齐刷刷断成两截，众人再看潘术刀刃，只是蹦开了豁口，当场讥笑四起。费二郎恼羞成怒，与潘术厮打起来，后被赶来的巡捕没收了铁具，抓进了衙门。

在大牢里，费二郎又怕又恨，他虽力大无穷，打得潘术头青嘴肿，却也没赢来好果子吃。潘术被关押在隔壁，两间牢房只隔一堵薄墙。

费二郎有力使不出，只能愤恨地咒骂潘术。潘术也不恼，边唉声叹气边教导费二郎，说炼铁须懂技法，瞎炼是不行的。费二郎听着觉得有道理，默默记在心里，回家后尽数讲给费铁匠听。费铁匠虽不承认技不如人，并且照例殴打教训了费二郎一顿，但随后便忘我地钻研并尝试了潘术所教的技法，所炼铁具得以更新换代，欣喜若狂，出门见人居然先打起招呼来。

江掌柜听得入神，问潘术是哪里人。潘术说自己祖籍幽州，随父辈迁居磁州。江掌柜道："难怪难怪，其他人炼的是铁，磁州人炼的是钢，怎能相提并论。"

潘术祖上并不是铁匠，所售卖的铁具也不是自家炼造的。他自成年以来，一直在中原以跑马走镖为生，熟知各地特产。每到一地，潘术便在当地采买货物，随镖队货队一起运到异地出售，赚得一些差价补贴家用。与费二郎切磋的铁具便是他回磁州时采买的，误打误撞占了费二郎的摊位，才引起争斗。费二郎见潘术确有本事，自知技不如人，气势上便短了五分。潘术也没有再仗势欺人，两人在服徭役时便和解，还成了好兄弟。潘术和费二郎售卖的铁具都被衙门没收充了公，潘术只得先落脚颍州寻口饭吃，这才来酒楼应聘。

当时酒楼里无人酿酒，颍州又难寻见过世面的酒师，江掌柜和陈德公商议后，决定让潘术在店里走货，负责去汴梁采买酒和食材。潘术大喜，称此事正适合自己，愿在酒楼效力。贾主户得知后，称赞江掌柜安排得妥，人尽其用，唯独祥来不看好这项安排。祥来认为，潘术浪荡惯了，不会安于久居一地，他看上去忠信，骨子里却不一定，知人知面不知心，留在店里恐成大患。江掌柜此举，不妥。

我一字一句听在心里，不敢插嘴。不管祥来所言是对是错，单是说话时这种城府极深的口气，就足以让我折服。当然，酒楼里除了我，也没别人在意祥来是什么意见。

我再见到万小梨时，她穿着素锦刺绣的夹棉襦裙，在晴川阁的门口蹦蹦跳跳。算算日子已有一年多没见过她了，她长胖了几分，个头也高了。我劝她不要蹦跳得太欢，免得撞到我或者吉来、瑞来，撞洒了酒茶脏了衣服不说，我们还得赔钱。万小梨说："赔钱我不管，只是酒茶洒了一身，别人会以为我是尿湿的，我不跳了。"她如此说让我以为撒尿是女子钟爱的话题，要时常挂在嘴边上。直到多年后我才知道撒尿这种事，不论是小娘子还是老娘子，在什么时候说出来都是不得体的，是犯忌讳的。那时我才发现万小梨是一个多么不一般的女子，从她嘴里说出这种事，竟是如此自然，没有一点不适宜。而像她这样不一般的女子，等到错过了才能明白她的好，想再见一面已是太难太难了。

万小梨有一搭没一搭地与我说话，我忙着跑堂，听不到两三句就要去忙，忙完了再回来听。那时仙桥茶坊的名气已经不同于往日了，是响当当的名号。仙桥茶坊开在颍州城西北角，离内港很近，来往船队送货收货，便将万家的编织物带去了南京宋州和东京汴梁。这种神奇的藤编和竹编很快就成为富家大户的喜爱之物，男子用其装古玩和字画，女子用其装首饰、衣物和胭脂，每逢有男子宴客、女子游玩之时，总会有人惊呼异香扑鼻，自然对拥有者大肆奉迎。这种种小苗收金果的好事，在富贵族群里是藏不住的秘密。一时间，颍州城仙桥茶坊的编织物成了大家争相炫耀的宝贝。家里若是没有几件仙桥宝物，

第六回　西湖畔初登书院门　贾主户提亲闭门羹

公子都羞于去学堂读书，千金只配在闺中怨泣，就连皇帝的后宫也在打听何处能买到真正的仙桥编织物，好去给娘娘们请安献礼。

仙桥茶坊里已看不到半点茶叶，甚至关了大门，只有熟客才能进入。编织物的价格已翻了十五倍仍争抢不绝，花重金前来学艺的痴心学子亦络绎不绝，时不时可见茶坊门口跪着一排年轻人。起初一两个求学者登门时，万沪还出门迎接，抱拳拱手婉拒，称家传手艺不收徒弟。后来人来得多了，白天如赶集诗会，热闹非凡；夜晚如清明祭祀，皓月之下跪着一排瑟瑟发抖之人，谁若路过必会吓得魂飞魄散。万沪也不再顾及脸面，再有上前砸门者，全部乱棍打出。

万小梨此番是随父亲来酒楼赴宴，宴请她父亲的是贾主户。贾主户受徐管家所托，为徐三公子做媒，欲与万小梨定亲。万小梨在晴川阁外告诉我，之前东京来的媒人，保的都是王公大臣家的公子们，万爹爹都没答应，多半是也不会答应贾主户的。我一想，徐三公子虽长相英俊又勤苦用功，是个公认的才子，但毕竟只是个管家的儿子，莫说和东京的公子比，就是和颍州城里那些已经考取功名的年轻举子相比也是差了些。果不其然，晴川阁的门打开时，万沪昂头拱手道："贾东家，小梨乃我心头至宝，若是嫁得潦草，万某愧对泉下祖先，此事休得再提，见谅，见谅。"

贾主户只得回礼，送客下楼离去。

徐三公子徐陶曾与万小梨在庙会相识，心生爱慕，茶饭不思，耽搁读书而被先生责打。徐管家心疼儿子，厚着脸皮请贾主户出面做媒，但自己也知道万家此时已非早先的破落茶坊，想娶万小梨，即便万沪同意，定亲彩礼怕是也难以承受。徐管家无奈，只得告诉徐陶万家看不上他。听说徐陶痛哭了三天三夜，痛定思痛，发誓要考取功名扬眉吐气，收拾满满一车的书簿，回乡下老家读书去了。

像徐三公子这样，因断绝了心中希望而奋发图强的，不在少数，大约人人都懂得这个道理，却都不想自己有此遭遇。后来，徐三公子官拜御史中丞，御赐天章阁学士，也算是拜万大官人所赐。

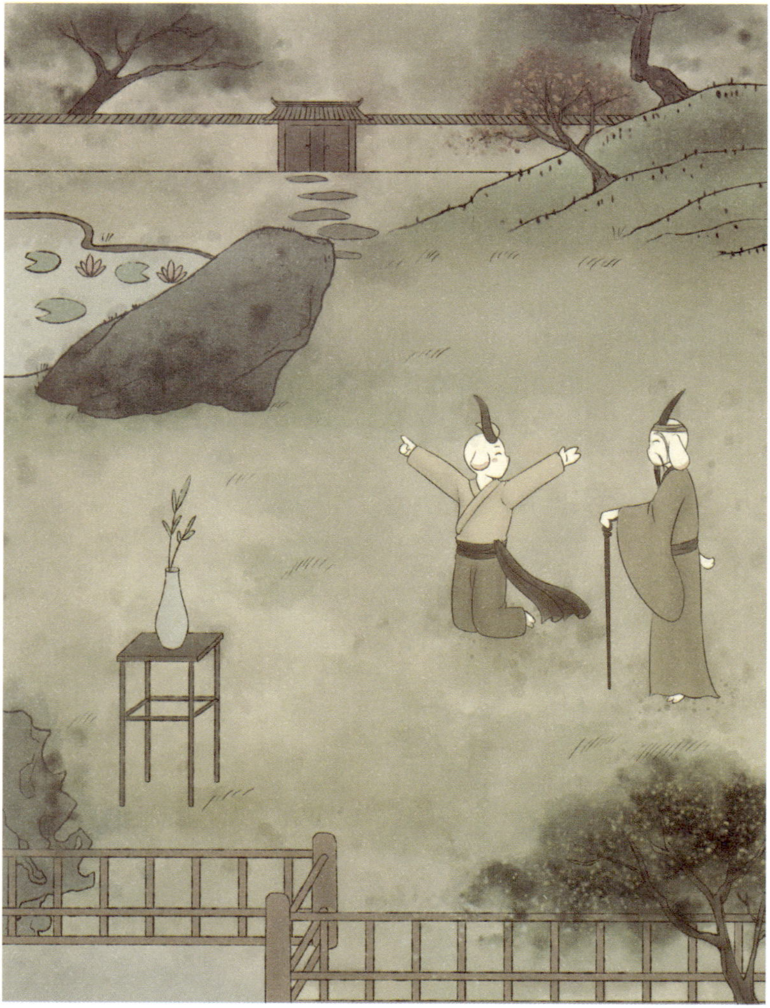

第七回 忆往事结怨贤月楼 后花园重逢蛤蟆鼓

熙宁四年开春，冰雪消融，万物复苏，颍州城便开始修葺城墙，扩大内港，拓宽城外的清河河道。除此之外，东西市也停市翻修，拓宽道路和瓮城城门。据说这些花费都是来自从肖大官人处抄来的家产，还有人说肖大官人的旧宅里，地下三尺全是黄金。那所宅子也被吕知州查封，不准任何人进入。那段时间，百姓经常能在颍州城四处的尘土中看到吕知州。他穿着便服，指挥役工，还和他们一同吃饭。百姓们都传，颍州城必是要变模样了。

颍州修城的同时，在清河酒楼往北走一盏茶的地方，一座新的楼阁已快修建完了。此楼阁原址是一处平宅，宅主人迁居将宅子卖了，买家拆了旧宅原地重修了这座楼台。每日清晨我在河边帮忙运菜，都能看到清河河面漂着木头的残料，河边洗衣的女人会骂上几句，唯恐木屑弄脏了自己的衣服。同在一条街上，江掌柜很早就知道那里即将也是一家酒楼，名叫贤月楼，东家姓朱，是宋州的大户员外。贤月楼只看地方就比清河酒楼大上一圈，挑檐也高半头，门口蹲的石雕狮子是从江南运来的，两个人都抱不过来。店里人人都在议论贤月楼东家的来头，唯独江掌柜避而不谈。我们都以为江掌柜是怕贤月楼一旦开张，清河酒楼的生意受到影响。江掌柜知道后也不生气，继续招工招徒，安置前堂后厨，盘算着日渐恢复元气的生意，只是不准店里的人去贤月楼看热闹，打听消息。掌柜的有令，我们做伙计的自然不敢违背，每日仍勤勤恳恳做活，不再去贤月楼门口溜达。

我们没去看热闹，贤月楼却自己找上了门。朱员外来的时候，贾主户早在门口恭敬迎着，尊称："恭迎师父，恭迎小师弟。"朱员外头发花白，却精气十足，身穿皮甲铁腕，一副武家打扮。他身边跟着个风度翩翩的年轻公子，锦衣华袍，金带玉巾，二十多岁样貌，回礼道："师兄别来无恙。"

三人在晴川阁点茶对饮，用的是建州西凤凰山的胜雪茶，摆的是建窑银兔毫盏，这是贾主户的珍藏之物，从未在酒楼里用过。贾主户亲自备水碾茶，点水分杯，光这一套工序就要半个时辰。三人从巳正时分坐到申时，贾主户一直将他们恭送到酒楼门口的拱桥上。

当晚打烊后贾主户在酒楼喝酒，伙计们都先睡去了，只有我一人伺候。江掌柜和陈德公看起来也不太高兴，那气氛就如同肖大官人刚来过。贾主户话不多，反复提到该来的总会来，对他师父是小买卖，对清河酒楼是身家性命。江掌柜只能宽慰他，但也是底气不足，这一年多来江掌柜的头发掉了不少，操心是能看得见的。

我其实知道个几分，在清河庄时，田埂里的闲话多是贾主户的发迹史，真的假的不知道有多少。贾主户十几岁便入了担货马队，跑镖走驿，往返奔波在官道上。这一行和打铁做菜一样，也讲究师徒承续，贾主户拜的便是当时的马队首领朱焕。说是师徒，其实就是帮派，师兄师弟之间既是拜把子的兄弟，也是分钱分利的同伙。朱焕拼杀多年，占据了汴梁、宋州、颍州、江淮这条线路的担货买卖，适逢太平盛世，积攒下不少钱财。后来贾主户在羊庄有了机会，就甩开了担货的队伍，而且分抢了一些生意，在颍州扎了根。

"谁不想自己干一番事业呢？师父。"贾主户趴在桌上，口水、酒水流了一地。

朱员外来过之后不到半个月，贤月楼便大张旗鼓地开张了。开门挑匾的是朱员外身边的公子，也是贤月楼的大东家朱祈，人称朱小公子。朱小公子的手笔阔绰，不仅拉来了宋州最好的龙狮锣鼓班子，开张当天客人来了还可以白吃白喝。祥来趁下午酒楼打烊时，硬拉着我去贤月楼讨点心吃，我不愿去，祥来羞恼，称我是不能屈也不能伸的木头棍棍，只配做个茶博士。

祥来换了身衣服从后门溜出去，不多时便跌跌撞撞从前门跑回来，边跑边喊："陈德公，怪事不好。"

"怪事不好"是祥来自己琢磨出来的词，他事后透露，说是喊"大事不好"显得自己不够沉稳，喊"怪事来了"显得自己不知轻重，急中生智下才喊出"怪事不好"这种既奇怪也不好听的话来。我深以为然，本身这事就很诡异不假，而且确是对咱们酒楼不好。

贤月楼的柜台挂着菜肴牌子，第一排是南北大菜的名目，其次是名厨佳肴、清酿小酌、甜食点心等，最后是伴食小菜，挂着三样牌子，写的是"金衣百花骨""东山云"和"三寿图"。牌子旁边还挂着一布条，写着"开张当月，逢客必送"。祥来假意问道，这三样是什么小菜？跑堂的伙计随手从柜台里捧出，祥来一看，和陈德公的"金檀百花骨""东山雪""三双佳人"形色手艺如出一辙，只是小了几分。伙计还说这三样菜是来贤月楼拜师的厨子学徒拿来练手的小菜，本就不值钱，店里多得是。

陈德公当晚就去了贤月楼，回来后一声不吭，在厨房里刷他的铁锅刷了一宿。

清河酒楼一时间成了颍州酒肆瓦舍间的笑柄，有那不讲究的食客在我点菜时，指名要金檀百花骨、东山雪和三双佳人。我说一时没有，招牌菜肴要提早预订，食客便阴阳怪调地嚷道："佐粥小菜居然也要预订，你家厨子莫不是贤月楼的学徒吧？"一桌人顿时捶胸大笑。

像这类客人，多半笑完后会叫上一壶小酿，几碟小菜，吆三喝四地闹着吃了。有时我也会趁他们疯癫时换上奴才脸，举荐几道美食顺便奉承几句，要颜面的公子一般不会问价，当时就撸起袖子要了。这样豪爽的气节当然会赢得一圈赞叹，只是酒喝多了，结账的时候掏钱动作会有些迟缓。

即便如此，颍州城里论起上门面的酒楼，北贤月、南清河的名号算是不分伯仲。两家酒楼都在颍州城的西街，一北一南坐落于清河两岸。颍州城里大小宴席、红白喜事、吃茶饮酒，往西街去成了百姓的首选。三个月过去，拿佐粥小菜一事来店里嬉闹的公子已然没了，陈德公御厨的名号仍是备受追捧，慕名而来的富户并不见少。

太平日子里，我已能熟记陈德公所烹制的各种菜肴，其用材、口味、食效均能给客人说上一段，也不似过去那般拘谨，见了生人就会脸红。用江掌柜的话说，我才十六岁，已是颍州城里年少有为的跑堂伙计。干这一行有三样本事划分能耐高下：一是看记性，只要来过一次的客人，再来时你要记得样貌，记得他上次点的什么，优秀的伙计扫上一眼，嘴里就能吐出："哟，大官人又来啦，上次的蟹酿橙、三花肚吃着顺口？今天还是这两样？"一般客人见你对他如此上心，心情好，来得就勤快。二是看眼力，一桌公子，谁说了算，谁出的钱，能瞧出来才能伺候好，看走了眼，难免请客的人不痛快，菜点的也不妥帖。三是脑子机灵，挨打挨骂能堵人口劝人手，知是非懂大局。江掌柜说除了这三样，我比其他跑堂的还多两样本事，一是点茶写字，二是顺嘴胡溜，若是我勤学苦练，将来必是颍州城最好的伙计。

显然我没有悟到江掌柜这句话是饭桌上的玩笑话，我信以为真，只觉得自己前程远大，一辈子都不用忍饥挨饿了。我不知道祥来听到这话会有何反应，我一直认为他才是颍州城里最好的伙计。祥来懂那么多道理，心像水井一样深不见底，一旦他用起功来，我再努力也只能是颍州城排在第二的伙计了。

那是我在颍州城过的第三个秋天，每每城外刮过西风，带来阵阵桂花香时，我都会想起曾经在秋天遇到过的人。我很清楚地记得他们的样貌、神情、爬树折枝、烹茶笑谈……但不是每个人都记得我，顶多是有个印象。就像西湖书院的童子，来清河酒楼说要找一个叫王善又叫鲤混儿的人，他就完全忘了我曾去书院见过他，他上下端详我许久，才恍然道："原来就是你。"

我说："我都认出你半天了。"

童子皱着眉头道："欧阳公命我到此处请一个叫王善又叫鲤混儿的人，我只觉得名字耳熟，却是怎么也想不起来了。我还以为是什么大官，原来就是你啊。"

我说："兴许是你只记着做大官的人呢，我就是一个跑堂的伙计。"

童子点点头，骄傲地说道："那倒也没错，凡是来书院见欧阳公的人，不管是京城的王公贵族还是州县的通判主簿，我可都记着呢。"

我说:"难怪你不记得我,你要吃点什么?"

童子道:"我不吃,我是奉命来请你,快随我走吧,欧阳公还等着呢。向来都是别人等他老人家,哪里见过他等别人的。"

我辞别了贾主户和掌柜的,坐上童子的马车。那样的马车我从没坐过,遮挡窗户的布都和贾主户穿的衣服一样华丽。童子和我对面而坐,随着颠簸晃荡着脑袋。出了城,他问我:"你就穿这身去?"

我说:"我只有这身。"

他又问:"你与欧阳公有何渊源?"

我说:"太公是我恩人,我年幼放羊时,是他帮我入学堂读书。一年前我就告诉你了。"

他仿佛没听见我说的后半句,点点头说:"先生每到一地必扩修书院,广教天下门生,帮人读书的善举可多了去了。"

我说:"一年前你就告诉我了。"

童子撩开车厢的窗帘,问我:"去年你是怎么来的?"

我说:"走着去的。"

童子说:"那得走上两个时辰呢,腿不得走断了?"

我说:"走断了倒是没有,一路上都是桂树,桂花香浓,也不觉着累。"

童子又皱起眉头,道:"桂花香浓?茉莉花就不香浓吗?兰花就不香浓吗?"

我说:"也香浓,但我那天只闻到桂花香。"

童子道:"茉莉花有诗云'冰姿素淡广寒女,雪魄轻盈姑射仙',乃唐太宗皇帝李世民所作,人间第一香也。兰花有诗云'日丽参差影,风传轻重香。会须君子折，佩里作芬芳'，也是唐太宗皇帝李世民所作，花中第一君子也。你没闻过就说桂花香浓，欲将茉莉与兰花置于何处？"

我说："置于何处我也没想好，但你认得的果真都是大官。"

童子笑道："唐朝皇帝算是什么大官，当朝皇帝见到欧阳公也要尊称先生的。"

我问："当朝皇帝你也认得吗？他是怎么说茉莉花和兰花的？"

童子道："这……我想认得，自然总会认得的，到时我再问他有没有作诗咏花。倒是你，平日里要多读些书，不然连人外有人、花外有花的道理都不懂，让人笑话。"

我点头称是，觉得他与祥来一样懂得许多道理。

童子将我引至西湖书院的后花园才离去，花园中只有太公一人，正在廊下煮茶看书。那走廊弯弯折折，一头连着院墙，一头连着个八角亭子，亭子矗立在花园中央的池塘中。我顾不得看园中风景，快步走到太公身边。他看到我，笑道："你来啦，我将你从酒楼请来，你家掌柜的不会怪我吧。"

我答道："掌柜的一听说是你请我，恨不得让我插上鸡毛飞来呢。"

太公拿茶勺指着我说："你这厮跑堂学得油嘴滑舌起来，越来越像个泼皮混混了。"

我噘着嘴怨道："太公，一年前我来书院找你，门前童子说你已去蔡州做官，我来回走了四个时辰，今日要不是童子来找我，我此生再不来这里了。"

太公疑道："你来过此处？未曾有人告诉我呀，许是我童儿忘了。

不对不对，应该是我忘了留信给你了，怨我。今日做好吃的给你，算是赔不是了，行吗？"

我道："你是朝廷的大官，我是跑堂的草民，哪有给我赔不是的，我可受不起，掌柜的知道了要打我的。"

有下人搬来木头凳子，太公让我在一旁坐下，拨弄茶炉道："我已致仕，不再是什么大官了。颍州是我一生钟爱之地，以后就在此处养老，你若是想我，时时来看我便是。你看那边是什么？"太公拿起茶勺指着池中亭台的方向，我顺着望去，池塘对岸堆着一块大石头。

我眯起眼睛仔细观看，越看越熟悉，那石头一边高一边低，斜杵在那里，正对着池中涟漪，我叫道："蛤蟆鼓。"当即飞奔过去，转上三圈，又爬上去躺下，那冰凉坚硬的凉气从后背沁入胸膛，仿佛清河吹来的凉风拂面而过。

我奔回太公身边，欣喜不已。他对我说："我命人从清河岸边抬来的，就知道你一见保准喜欢。"

我眼红了，望着太公道："太公，你比那时瘦多了，做大官也吃不饱饭吗？"

太公道："我老了，不像你年轻。我二十三岁就试国子监，二十四岁入朝为官，一生为国为民四十二载，总算能清享太平了。只是操劳惯了，一闲下来，反倒不自在，就想着把你叫来解解闷。我从汴梁带了许多美味点心，今日你可有口福啦。"

正说话间，院外走进一人，口中叫道："欧阳公闲得不自在，公著寻了个美差，不知欧阳公可有雅兴呀？"

我忙起身行礼，道："见过吕知州。"

吕知州似是兴致高昂，乐呵呵道："你这小哥儿捷足先登啊，欧阳公可偏心得很。错了，错了，属下有罪，应称欧阳少师。"

我将凳子端给吕知州，自己扶着廊柱坐在栏杆上，倒也舒服。吕知州道："少师煮茶的手艺，东京无人能敌。"

太公道："老朽现在是一介草民，知州大官人若再这样称呼，我便全给小哥儿吃，不给你吃。"

吕知州拱手道："属下知错了，此番是有好事相告。下元节我欲在颍州城举行食厨大会，到时请欧阳公来做个评判，看谁家的菜肴美味，赏他颍州第一的名号。"

太公顿时来了兴趣："何来食厨大会？"

吕知州道："颍州地处要道，从中原到江南、江淮，无论是旱路还是水路，都要从颍州路过。但颍州城小，往来客商、驿馆、镖局都只是路过，空有要地之名，却无要地之实。颍州下辖乡县所产的酒酿、米面、皮肉，也都是卖往他处，不在颍州。如此下去，人口凋敝，百业不兴，实难兴盛。我着力整修颍州城貌，拓河修路，翻新集市，便是想让颍州作为南北商路之中转地，若能百路聚会，万商云集，颍州百姓则均富矣。"

太公道："你举行食厨大会，是要做响名气，引人来颍？"

吕知州笑道："正是。民以食为天，食乃人生第一乐事。颍州城里现如今有三座酒楼最有实力，东城的聚颍楼资历最老，是世传的老店。西城两家，西北的贤月楼规格最大，西南的清河酒楼有御厨坐镇，都是颍州一等一的名店。我召集他们三家比试比试，谁胜出都是好事一桩。吕某斗胆，请欧阳公做个评判官，岂不是美差一个？"

太公从沸腾的茶汤里舀出几勺,倒入茶碗中,也给了我一碗。那茶汤白中透光,浓郁生烟,比我在酒楼里上的茶水不知要好上多少倍。

太公道:"我在朝中也曾听过百厨宴试,声势浩大,做出的菜品精致非凡,乃当世杰作。只是做了不吃,着实浪费。"

吕知州道:"我知公爱惜粮食,自然不会做那种事。我只让三家酒楼各出一个厨子,单做一道菜品,谁做的令人赞叹,当即获胜。我即宣告该家馆子是颍州第一楼,百姓自当口口相传,往来客商心中盼念,定会在颍州多留几日。"

太公道:"既是如此,我怎敢推托,造福颍州本就是我一生之愿。"

吕知州喜笑颜开,行礼道:"不管谁家获胜,公著都替百姓谢过欧阳公,只是……"

太公道:"只是什么?嫌我这茶不好?"

我尝了一口碗中茶汤,极苦,忍着吞下肚去,少时又返上甘甜,甚是神奇。

吕知州凑近太公,低声道:"只是做评判官的还有一人。"

"谁?"

"博陵郡王。"

太公皱着眉头细思许久,道:"你说的是申恭裕王赵德文之子,博陵郡王赵承选?"

"正是。"

"啊,郡王爷今年应到古稀之年了吧?"

"六十有七了。"

"他为何会来颍州?"

吕知州捧起茶碗一饮而尽，咂嘴道："说蹊跷也不蹊跷。我上个月便差人通报了那三家酒楼的掌柜，筹备下元节食厨大会之事。谁知没过半月，便收到博陵郡王的书信，称听闻颍州有此美事，愿亲来见证。我哪敢说不，便差人暗中打探。原来那贤月楼东家朱小公子的爹爹朱焕与郡王多年交好，儿子开店，做爹的自然想拉一把，便请了郡王来坐镇，想必是对这颍州第一楼的招牌志在必得。"

太公盯着吕知州，也不说话，也不添茶。

吕知州慌张起来，赔笑道："欧阳公先前已经答应了，不可反悔，小哥儿做证。"

太公道："你明知郡王爷摆明了是要贤月楼胜，却又拿我去挡，还说这是美差？"

吕知州嘿嘿一笑，接过茶勺给太公舀茶。

太公又道："我在朝中便听说这位郡王爷既不贪名利也不好女色，唯一的爱好便是吃。他自称一品食仙，'品'字三口，一口吃天上飞的，二口吃地下跑的，三口吃水里游的。吃完便上书给官家，写上何年何月何日在何地吃到何种美食。最后陛下特赐允他四处游山玩水，不必守疆封地，令其他王爷好生羡慕。"

吕知州道："所以郡王若真选贤月楼，也定有他的道理，欧阳公权当陪吃一餐便是。"

"哼。"太公站起身来，道，"郡王一生嗜吃如命，我难道不是如此？我倒要尝尝这个贤月楼能做出什么惊天动地的美食来。鲤哥儿，你莫担心，老夫自会当公正评判，绝不弄虚作假。"

我点点头，又喝了一口茶，脸上硬憋着难以忍受的苦楚。

吕知州见太公答应了，浑身轻松下来，问我："博士小哥儿，你那东家贾运可有赏赐你什么？若不是你当日磕头求救欧阳公，除恶之事定不会如此顺利。"

我摇摇头，答道："主户救了我的命，不求什么赏赐，我只求酒楼能好好的，我才能有饭吃。"

吕知州道："你小小年纪，懂得不少，难怪欧阳公如此待你，他对待年轻后生可是出名的严厉。"

我道："不曾觉得，若是论严厉，薛先生比太公凶多了。"

太公叹了口气，又满上三杯茶汤，道："我见鲤哥儿，就想起王深父，我从东京快马加鞭赶来颍州，也未能见上他最后一面。痛哉，痛哉，正巧遇见你在水边吟诗。想当年我初见深父，他也是在水边吟诗。你聪慧机敏，记性过人，举手投足间也有几分像他。深父是我至善好友，我为你取名王善，正是寄我思友之心。"

我问道："我的名字不是从'羊'字来的吗？"

太公大笑，道："你个混儿，读书不开窍，该打板子。"

吕知州道："若是提了王深父的姓名，那薛先生怕不敢收你咧。"

我顿时觉得自己很是愚蠢，低下头捧着茶碗。读书对我而言，更多的是和放羊一样的劳作，对着三只羊打发时间比对着薛先生要轻松许多。做官的读书人都是如此有智慧，难怪我喝这茶就觉得只是苦，他们喝这茶就觉得是绝世美汤。聪明人才是主人，光有力气是不行的，就像肖大官人看似瘦弱，叫吴昌的威猛汉子也只能做他的护卫。我想到此事，顿时抬起头问道："肖大官人怎么突然就被抓起来了？"

吕知州望了一眼太公，两人面面相觑。吕知州道："恶人自有天谴，当然会被抓起来。"

我说："我懂了，你们读的书比他多，谁读的书多，老天爷就让谁做官。"

太公捋捋胡子，沉吟道："你这样说，倒也算是有理。"

吕知州说："读书也好，不读书也好，锄奸伐恶都是分内之事。善恶到头终有报，瞒得了朝廷瞒不了天，瞒得了百姓瞒不了自己，惩恶扬善乃人间正道，年少之人更要牢记。"

我点点头，道："我记下了，我名叫王善，更要做善事。"

太公笑道："你这混儿，多大的道理到你嘴里就变得粗浅。"

吕知州也笑道："虽是粗浅，却是纯真。"

正笑我时，童子急忙忙跑进园中，对太公禀报："先生，苏家管家来报，说苏轼、苏辙两位官人已经下船，正往书院来了。"

"啊？"太公手中茶勺落在石台上，"不是过几日方到吗？"

"管家说了，这些日子天晴，又顺风，便早到了两日，估摸着再有半个时辰也该到书院了。"

"好，好，晦叔，今日莫要回衙门了，与我一道去给子瞻、子由接风。"太公眉眼之间都透露着欢喜，看得我也高兴起来。

太公又对我说："鲤哥儿，今日我有好友到访，不能陪你吃点心了，你就在书院多住几日，我让童儿带你去西湖游船可好？"

我道："太公，我能来看你已经很高兴了，我不回酒楼东家和掌柜的要害怕的。"

吕知州道："小哥儿说得有理，我差人送他回去吧。食厨大会时，让你到我后面待着，免得你见不到欧阳公。"

我当即给太公和吕知州行礼,随童子去取点心。童子在我身前嘀咕:"汴梁来的点心,我还未尝得一口,却要拿去给这跑堂博士。"

　　我不敢搭话,唯恐他又用皇帝写的诗词笑话我。

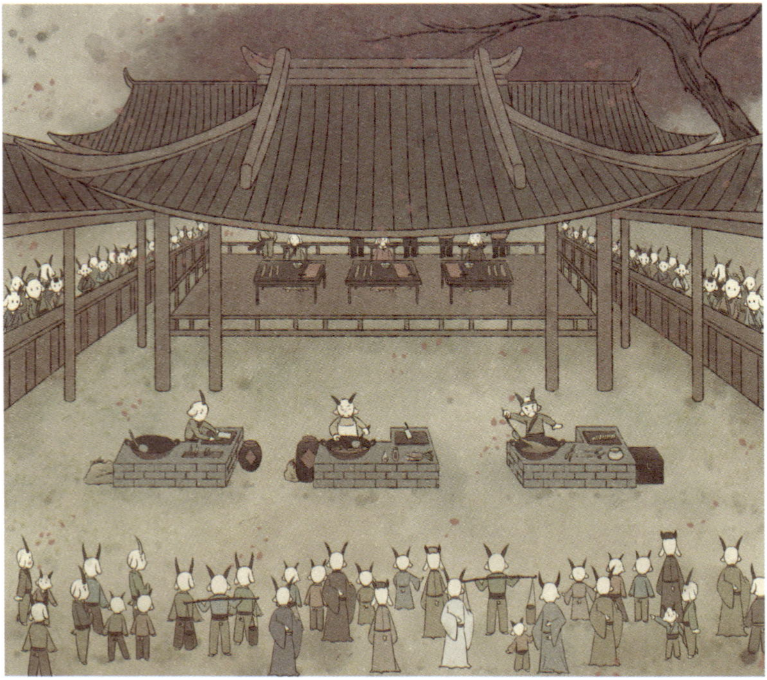

第八回 郡王爷赶赴食厨会 第一楼落匦到宋街

陈德公看似从未准备过食厨大会，每日刷完锅就在阴凉处躺着，躺得舒坦了还会打起呼噜，震得蒲扇都跟着晃荡。我问过两次，头一次被陈德公骂了一通，说是厨者弄刀舞棒为的是养活人命，不是去比试的；第二次又被陈德公骂了一通，说闭着眼睛做菜都能赢的小事还准备个什么。我没法子，只能对前来打听的食客说："我家厨子会得太多，还拿不准选哪道菜去比试。"有的食客不服气，说："反正比试当天我们老百姓又吃不着，今天就点你家厨子用来比试的菜来尝，你不肯做，我就去贤月楼吃。"我只能点头哈腰说好，招呼后厨给他做个碧青狮子头。

　　陈德公不愿参加食厨大会，他是御厨，给皇帝做饭的，皇帝可以评判他做得好不好，别人不配，赢了不光彩，输了更丢脸，换作是我，我也不会去参加这种比试的。这是祥来说的，他总是能看透我看不透的东西。那天我从西湖书院回来，把点心交给江掌柜，便去后厨找陈德公。陈德公刚刷完锅，躺在后棚睡觉。我问他食厨大会准备得如何，他顺着蒲扇扇过来两个字："不去。"

　　我若是有祥来的头脑，当时就应该说："你是御厨，不去就是怕了，别人会说你只是浪得虚名而已。"可惜我说不出口，也不敢说，陈德公若不去，颍州第一楼的招牌铁定是贤月楼的，我也见不着太公了。我有些失望,早知道就留在太公的花园里,吃几天好点心,再拉着童子带我游几天西湖,他就算念上十二个时辰的皇帝诗,我也权当是母鸡下蛋,不理他就是了。我回过头去找江掌柜要点心分来吃,正巧遇见贤月楼的朱小公子。他脚踏轻步履,头戴碧玉簪,论起相貌比起肖大官人也不落下风,更重要的是,他来时只有一个人,身边没有什么爱踢人的威猛汉子。朱小公子拉着江掌柜找到陈德公,先是作揖行礼,再说久闻大名,最后说他爹爹欲在东街再开一家酒楼,名叫"清河第一楼",只恐颍州百姓分不清名号,特来与掌柜的约定,待到食厨大会比出胜负,将招牌换一换,免增困扰。

陈德公睡眼惺忪地瞧他,道:"年纪不大,口气不小,老朽掌勺的时候,你怕是还没有勺大。"

朱小公子连连称是,说:"非但没有勺大,也不知道勺是何物,自小都是家中奴仆烧锅做饭,长这么大都没进过厨房,惭愧,惭愧。"

陈德公道:"我知道你爹和贾东家有过节,看你知书达理,老朽奉劝你别蹚上一辈的浑水。这就是个糊口的营生,第一楼又能如何,第二楼又能如何,难不成你爹还能拿招牌做棺材不成?"

朱小公子道:"前辈说得有理,既然第一第二不能如何,不如今晚就把招牌换了吧?"

陈德公苦笑,道:"我像你这么大时,若有你半分猖狂,早就死了。你快回去吧,我们比试场上见。对了,请转告你家那位厨子,新菜候着,别念旧。"

朱小公子告辞,笑嘻嘻地转身去了。

祥来说贤月楼的人都快骑到陈德公头顶上拉屎了,陈德公还天天睡觉，定是有十拿九稳的菜。

西市的扩修赶在下元节之前完工，张灯结彩，焕然一新。因休沐的第三日将在此举行食厨大会，一大早全城的餐食贩子就把这里围了个水泄不通，糖果籽仁、蜜花酒酿、面条馒头、糕点酱菜，但凡是能吃到嘴里的，在这保管都能找到。衙门巡捕用白灰分出一条条线来，辟开街道，如同庙会时的巷坊，极是热闹。西市的西北角单围了一块地方，搭了三座灶台，条案、菜架等一应俱全。灶台正对面还修了戏台，四面修了台阶，并有巡捕在此守着。

十月十七那天的申时，金锣开道，百姓退避。博陵郡王赵承选、太子少师欧阳修、颍州府知州吕公著乘轿进入西市，穿过人群径直去往西北角的戏台。同行的还有四列随员，一列是颍州府衙门各品官员及府辖大小乡绅员外；二列是贤月楼大东家朱焕、少东家朱祈和掌柜的魏理安；三列是东城聚颍楼大东家董潋一家，董潋世代经营聚颍楼，从他爹爹手中继承酒楼做起掌柜，现在又传给了他的儿子董世及；末列即是清河酒楼东家贾运和江掌柜。说是末列，其实就他们两人。店里伙计徒工虽已经招了不少，但这几日既要在店里忙活招待，还要分出一些去西市摆摊经营，人手实在不够。

郡王爷、吕知州和太公在戏台前落轿，登台就座。台下百姓蜂拥而至，将比试场紧紧围住。我跟着衙门侍卫分列站在三位大官人身侧，假扮成仆人的也不止我一个，有比我还小的公子哥也挤在这里，但神情气质明显比我高贵许多。

做官的就座妥当，那四列乡绅员外、东家掌柜才敢坐下。戏台下也安置了长凳座位，分列两侧，虽是比试场上的对手，却也都和和气气，真如看戏一般。当时已调任衙门主簿的孙凡做司礼官，不外乎先唱念一段天地人和，保我颍州风调雨顺之类的官话，然后才请三位大人宣告比试开始。

我从侧面看那郡王爷，果真是鹤发童颜，清瘦矍铄，满面红光。与他相比，太公反倒显得更老态一些。郡王爷坐中间，左手边是太公，右手边是吕知州。郡王爷向左右道："好好好，本王许久未曾见识此等乐事，令人思怀年少时游历大好河山，品尝人间百味。今日还能得见欧阳少师，实乃乐上加乐。本王一生对江山社稷无所建功，对名利权术也提不起兴致，多亏有少师、公著这样的贤臣，才保我大宋江山万世太平。本王听闻颍州有此食厨大会，只想着来凑个热闹品尝品尝即可，可没打算来做这评判官。承蒙二位不弃，本王实不敢当呀。"

太公乐呵呵道："郡王哪里不敢当，这天下还能有谁比郡王更精通食厨之道？倒是老朽被晦叔捉来，浑身不自在。这比的一不是诗词文章，二不是国策朝论，老朽真不知从何评起。"

吕知州道："今日能得见二位尊师，实乃颍州城百姓之福。下官以为，食乃民生之本，食者美味则百姓安居，厨者繁荣则政通昌盛。所谓评判，一是评技艺高低，二是评为厨之心，无论谁胜谁负，能被郡王和少师点化，自然比那一块招牌珍贵万分。"

太公道："晦叔所言甚是，招牌是死的，厨艺是活的，若是颍州城的酒楼馆肆都能因此进取钻研，食厨大会年年都比，岂不美哉？"

郡王连连点头："美哉美哉！年年都比，本王可就不回那汴梁城了。"

孙主簿等三位官人笑罢，宣告比试开始。

祥来说他早就猜到贤月楼的主厨是韦春，只是不愿张扬，免得节外生枝。我就问他，节外生枝会怎么样？他说节外生枝就是原本陈德公会在比试场上打败韦春，结果因为他张扬了，就没有在比试场上打败韦春。我心中奇怪，祥来那一整天都在比试场外的人群里往前挤，一直到比试结束才挤进第一排的人缝里，他就算张扬着四处叫喊贤月楼的主厨叫韦春，谁又会理他呢？况且，陈德公在比试场上见到韦春，看上去丝毫都不意外，想必早就知道了。但祥来既然这么说了，一定有他的道理，起码他早就知道韦春去了贤月楼，比我要强上许多。我在戏台上见到韦春露面，差点就叫出声来。

孙主簿大声宣告比试的规则。比试一场定胜负，聚颖楼的五代家传名厨董郭、清河酒楼的东京御厨陈德以及贤月楼百年不遇的神厨韦春，当场烹饪一道拿手绝学，以半个时辰为限，不得有他人帮忙打下手。再由三位评判按先来后到一一品尝，决出高下，获胜者将封"颍州第一名厨"的名号，他所在的酒楼赏"颍州第一楼"牌匾一块。

一声金锣响过，计时用的香炉燃起青烟。挤在前排的百姓交头接耳，议论纷纷。有的说御厨当然最有本事，有的说五代家传定有秘方，还有的惊叹炊具食材都是上乘玩意儿，寻常人家吃不起。与去酒楼消遣的公子哥不同，平凡百姓对于吃的想法质朴直接，谁切菜娴熟谁就厉害，谁猛火不惧谁就有能耐。这些前排的百姓，直到三家灶台滚起浓烟才默契地闭嘴。

我站在台上，看得真切。台下三个厨子，有两个我都认得。韦春切菜挥勺的身姿和陈德公一模一样，面目表情也像。我又想起刚到酒楼时，后厨里与他相伴做工的时日。我与韦春一道搬过货篓，一道择菜洗肉，一道吃饭睡觉，如同兄长小弟一般。陈德公单带我关门做菜，也并非我主动请求，他不应怨我才对。

台下做菜时，三位评判官在戏台上有说有笑，说的话大多我都听不懂，估摸着都是朝廷宫中的往事。郡王爷兴致极高，话不停嘴，从二十弱冠到六十花甲，从燕云北州到蛮楚南海，说起天下美食如数家珍。半个时辰很快就过去了，戏台前的香炉也烧见了底。

聚颖楼的董郭师傅率先唱菜，献上一道"金盘琉璃盏"。那菜装在一个大盘中，层次堆叠形似金色莲花，每一层比下一层小一圈。最上头一层金盘中装着三只玉盏，里面翠光幽深，却又不似水流晃动。董郭在台下叫道："金盘琉璃盏乃我家传菜肴，一代子孙只传一个，谁能品出其中有多少味食材，不论长幼，即是传人。请几位官人品尝。"

侍官将大盘送至台上，摆在正中，那几层金盘层层皆有不同，不同色不同质亦发出不同香气。郡王左看右看，甚是稀罕，抄起筷子不知从何下手。

郡王问："此菜当如何吃起？"

董郭道："天一盏，玉杯琉璃，开胃生津，顺顺气。"

郡王取下最上面的玉盏，分给太公和吕知州一人一个，捧起就吃。鸭蛋大的玉盏顷刻间连玉带盏都没个踪影。郡王道："酸而不寒，甜而不腻，如瓜果清脆爽口，又如油脂温滑芳香。此玉盏乃是山楂、橘皮、冬瓜皮、香瓜、黄瓜、樱桃、雪梨、米酿混以皮冻而制，本王猜得对否？"

董郭大呼："回郡王爷，一样不差，真神人也！"

董郭身后的百姓也惊呼不已，只尝了一口便能吃出其中有多少种食材，得是多富贵的命啊。

董郭又道："此盏名为琉璃盏，又名青玉冻，主要的作用是在正餐之前带动食欲。三位官人请往下品尝。"

如此这般，玉盏之下的三层金盘，每盘都有不同的菜肴搭配，最下面的金盘还炖了汤，一道菜抵四道菜，却比四道菜加起来还费工夫。董郭见郡王十分喜爱，没等郡王爷问起便侃侃而谈，尤其是谈起那几层金盘，需要用小米细细碾磨，再混入南瓜调色，最后上锅煎熬，才能变成这金黄薄脆的盛菜金盘。

郡王掰了一块金盘捏在手里把玩，时不时送一块到嘴里嚼着，他这般年纪还能有这牙口，实属有福气。

陈德公上前献菜，在侍官的木盘上摆上三个瓦罐，呈了上去。陈德公道："我观今日颍州如同此戏台，三星高照，乃福星、禄星和寿星。当即决定做此福禄寿菜肴，献给诸位官人。此菜非家传、非师授，亦非宫廷秘方，平生也只做过三次，一次出师时谢父母，二次进宫后呈陛下，三次皇母寿宴时献太后。今日三位官人好比福禄寿三星普照颍州，享用此菜，正是合适。"

侍官送上瓦罐，依次揭开，一股白雾腾起，霎时间整个比试场都能闻到一股浓香。

太公伸头望去，迟疑道："莫不是我老眼昏花，我这罐中乃是清水。"

吕知州也伸头望去，道："欧阳少师，非清水也，乃是清汤。"

郡王笑道："你二人果是没吃过好东西，你们且舀一勺上来看看。"

吕知州听罢，取木勺兜起一勺来，放在眼前细瞧，叹道："薄如蝉翼，奇光透彩，这汤里居然是极薄的白肉。"说罢用筷子轻轻夹起一片，透着阳光，隐隐约约能看见对面的人群。

郡王不等吕知州说完，自顾自吞了一勺，闭着眼沉醉不语。太公也照样尝了一口，顿时眉头舒展，脸颊微颤，许久才从齿间吟出一句："真乃天上美味！"

郡王睁开眼，问道："此等鲜美，非上好的鱼羊羹不能做出，只是这样极鲜的口感，又非鱼羊羹所能及，到底是何物？"

陈德公道："回郡王爷的话，此羹正是鱼羊羹。只是鱼非鱼，羊非羊。"

郡王疑道："何为鱼非鱼，羊非羊？"

陈德公道："此鱼乃颍州西湖所产洞鱼，只在颍州西湖有产，终年沉于水底，长至半尺后便在湖底打洞，故名为洞鱼。此鱼肉质极轻，通体透明，入口即化，亦可以生食。若是做羹，可令汤底透光幻彩。此羊乃百日雪羊羔，出生后通体纯白，连皮毛和蹄子都是白的，长到百日大，取脊骨做汤，天下至鲜美味。"

郡王赞叹道："少师所言极是，真乃天上美味，人间难得享用。"

一众靠前的百姓，多有拿袖子擦嘴者，吞咽口水不停，若不是戏台上是高官王爷，怕是要一拥而上争相品尝。

最后是韦春献菜。前两位所做菜肴极为精彩，他倒也不慌张，请侍官呈上一个用白布蒙住的木盘，自己在台下禀道："小的认为，厨艺正如徒步登峰，只有不停向前才是向上之道。小的所献乃是潜心自创的新菜，从未在酒楼售卖，也未有他人尝过，今日得见三位官老爷，正好做个见证。"

郡王道："说得好，徒步登峰，才是精进之道。"

侍官摆好木盘，揭开白布，三块透白的冰块赫然排成一排，冒着寒气，引得众人一阵喧哗。十月天尚未入冬，走路紧了头还冒汗，这个天能见到冰块，在场应该没有人能料到。

郡王道："吕知州说此比试场从午时便封闭了，一应食材用品那时已入了场内，到此时已两三个时辰，要留得这样大小的冰块，起码午时就要运来五倍大小的冰块存放，想不到小小颍州居然有如此财力的酒楼。"

韦春在台下道："经营酒楼，每年冬季便会储冰，通常是等来年用来做去暑的汤药。贤月楼虽然今年才开张，东西却是从去年便开始准备，不足挂齿。"

郡王道："你们看这每块冰中都半封着一颗白玉珍珠，这是将珍珠烹饪妥当后，以其余热融化冰块，慢慢坠入冰中。太热，则冰无；太冷，则不入。你们看这三块冰，每颗珍珠都刚好坠至一半停住，真乃巧夺天工的手艺啊！"

太公和吕知州纷纷赞叹。

韦春道："郡王只看一眼便知做法，小的惊恐。"

郡王道："这珍珠……"

韦春道："郡王一尝便知。"

三位评判官相视一望，用木槌轻轻敲碎冰块，夹起自己面前那颗珍珠，顶着寒气吞入口中。兴许是站久了眼花，我仿佛看见吕知州后颈急颤，连毛发都竖起来了。太公手拿着筷子悬在眼前，许久放不下去。而郡王更是呻吟不止，那声音像是从人嗓子里发出的，又不像是人有意叫出的,就像一阵气息在郡王的喉咙中反复地急奔着。

直到那三块盛珠的冰块融化了一半,三位官老爷才缓过神。郡王爷大呼一声:"呜呼,此乃本王吃过的登峰造极的鱼子珍珠,本王此生足矣。"

太公也终于放下了筷子,举着微微颤动的手说:"若是年少时尝得此物,谁还愿十年寒窗。"

郡王拍拍太公的后背,伸出袖子擦了擦自己的眼。

吕知州道:"既然三位厨子都已献菜,就请郡王判个第一,好让天下人知道我颍州也有名厨极味。"

太公也拱手道:"但凭郡王做主。"

郡王长叹一口气,道:"今日这三道菜,着实让本王刮目相看。这第一道菜金盘琉璃盏,精美绝伦,自成一派,一菜便可挡一席,有王者之风。这第二道菜鱼羊羹,看似平平无奇,实则内藏乾坤,非凡人所能享之天地福果。这第三道菜鱼子珍珠,以至寒锁至鲜,以至奢化至简,莫说天下无人可比,恐怕连天宫玉帝也自愧不如。"

吕知州道:"郡王的意思是这三道菜都配得上颍州第一的名号?"

郡王摇摇头,道:"既是比试,当然没有全做第一的道理。"

吕知州道:"郡王说得是,既然金盘琉璃盏有王者之风,就让聚颍楼的董郭当选如何?"

郡王摇摇头,道:"金盘琉璃盏虽有王者之风,但行菜繁复,杂糅臃肿,不堪第一。"

吕知州又道:"有理,有理。既然鱼羊羹乃天地福果,不如就让清河酒楼的陈德当选第一如何?"

郡王摇摇头，道："鱼羊羹虽是天地美味，却有内无外，简朴无色，不堪第一。"

吕知州道："那郡王的意思是这第三道鱼子珍珠，才堪当颍州第一的名号？"

吕知州说罢，瞧了太公一眼，太公正欲说话，只听郡王又是摇头说道："不可。鱼子珍珠虽是无人能敌，却不适宜在此处比试。"

吕知州又看了一眼太公，问道："郡王此话何意？"

郡王拿筷子敲了敲面前残存的冰，道："本王与少师年近古稀，若非三伏，食冰乃大忌。"

吕知州拍案斥道："大胆韦春，竟敢在秋寒时节献此寒食，必图谋不轨，左右，给我拿下！"

左右侍卫敲棒应声："是！"

韦春吓得当场跪倒，连连磕头求饶。贤月楼的大小东家也一并伏倒在地，大呼饶命。

郡王拦住吕知州，道："不必如此，本王并无此意，切勿将朝堂那一套拿到锅灶处来。"

吕知州称是，喝退了左右侍卫。太公在一旁道："且听郡王吩咐，切勿急躁。"

郡王道："本王一生吃遍南北东西，但凡美味，吃过一遍再吃第二遍时，便不再觉得有多惊艳。今日这三道菜，虽是一等一的佳肴，本王却都吃过。所以本王才说他们不堪第一。"

韦春一听，头磕得更响了，边磕边叫："小的不敢欺瞒郡王爷，鱼子珍珠千真万确是我新创菜肴，从未示众过。"

郡王道："起来起来，没说你欺瞒，你就是想学，还轮不到你呢。都起来说话，本王说了，不要把朝堂那一套拿到锅灶处来，本王不兴什么尊卑有别，只喜欢坐在一张桌子上吃饭说话。"

底下的人听完，这才低着头站起来。

郡王道："这第一道菜金盘琉璃盏，本王在平江府吃过。平江城中有一条七角巷，巷中有一户人家，世代以做皮冻为生。本王着便服去吃，与其闲谈，谈到高兴处，他便做了一道百花香玉盏。火煎糯米饼为盘，香瓜为盏，将各种花料瓜果做成皮冻，酸甜爽胃，消暑去燥。正是此道百花盏，本王将随身的玉牌送给了他。只可惜时隔数年我再去平江府寻他，已人去屋空，不知踪迹也。"

太公道："郡王好玉赠知音，令人仰慕。"

郡王盯着陈德公，又道："这第二道菜鱼羊羹，是在皇太后寿宴，先帝特下旨命御厨烹制最好的鱼羊羹给太后祝寿。你那道献给太后的鱼羊羹，太后偷偷赐给我吃了。"

吕知州道："原来如此，难怪陈德方才说他平生只做过三回，郡王也得偿所愿。"

郡王点点头，对韦春说："你新创的那道鱼子珍珠，多年前我曾在宫中春秋大宴上吃过。那时，即便是宫廷，所储的寒冰也只敢用来做冰镇的鱼子珍珠汤。吃过那鱼子珍珠，先帝命当朝状元以此菜肴作诗，那状元便问此珍珠是何物所做。御厨答是鱼子，状元郎当场号啕大哭，那哭声感天动地，在场无一人不动容。状元郎说，我整日苦读诗书，念尽仁义忠孝，却要以这剖腹取子、母亡子绝的一口汤来赋诗助兴，有愧天地，请赐贬回百姓。先帝听闻，深感其德，当即下旨宫中永禁此菜。本王也就再未吃过这鱼子珍珠了。"

太公道："敢问郡王这是哪一年的事？"

郡王闭目仰头想了半天，道："本王想想，好像是……"

陈德公在台下道："是庆历六年，丙戌科状元贾黯。"

郡王两眼一睁，叫道："对对对，是庆历六年，本王糊涂了，竟想不起来了……你是如何得知？"

陈德公鞠了个躬，道："在下便是做那道鱼子珍珠的御厨。"

"这不可能！"韦春大叫，"鱼子珍珠是我想出来的，你从未教过我！"

陈德公不紧不慢地说道："春儿，你说得没错，这道菜我从未说过，也未做过，的确是你自己想出来的。"

太公道："老朽倒想起一件往事。六年前，我曾多次上表外任不允，心思郁闷，便写信给苏子瞻。信中有一首刚写的诗，其中有一句'未见迟露也天然'。子瞻回信说，他弟弟子由十二岁时，曾在家里柴房的外墙上题诗一首，其中也有这句'未见迟露也天然'。想来都是自己所写，却一字不差，实乃巧合也。"

郡王道："本王正是此意。那道鱼子珍珠在宫里不敢有人提起，断然不会传到宫外的。能自己创出这道菜，韦厨的手艺本王是佩服的。"

吕知州道："那今日这场比试岂不是没有分出胜负吗？"

太公道："依老朽所见，今日三位名厨都志在必得，若是分不出胜负，难以令颍州百姓服气。天色尚早，不如请郡王再出一题，令三人立即烹制，再决高下，如何？"

围观百姓齐声高叫："再出一题，再出一题。"

郡王起身，摸着胡子顺着戏台转上一圈，对众人说："本王年轻时，曾奉旨接见高丽国使臣。在驿馆，高丽国使臣用在汴梁采买的铁锅做了一道昆布羊。昆布羊之美味，令本王三日不思他食，吃什么都没味。后来本王遍寻昆布羊，也吃过一些东海渔民所做的昆布羊，皆不如当初鲜美。不如今日就以昆布羊为题，再做比试。"

我听得耳边有人嘀咕："昆布是个什么东西？"

董郭行礼道："启禀郡王爷，颍州地处中原，不产昆布，知道的人都很少。酒楼所用的昆布，多是从东海贩运而来，存量极少，今日也未在比试场中备用，需回酒楼取来。"

韦春和陈德公也如此说。郡王见状，命三人立刻派人回酒楼取来昆布和羊肉。

趁取菜之机，太公对另二人道："既是加试，不如加点花样。我听人说，厨子的案板就如同书生的纸笔和将士的刀剑，必是自己惯用的才顺手。但若要成一代名师，不论什么纸笔什么刀剑，操用起来都得游刃有余。不如让他们相互调换锅灶炊具，再行比试。若是用他人的东西也能做得极致，堪当第一名厨的称号。"

郡王笑道："妙极，妙极，少师此议极好。依本王看，干脆连食材佐料都换着用，岂不更妙？"

少时，三家均已将昆布和羊肉取来，郡王当即下令，陈德公换到董郭处，用他的锅台灶具刀案食材，董郭用韦春的，韦春则用陈德公的。孙主簿再次点上炉香，加试开始。

我已在戏台上站了一个多时辰，腿脚酸麻。也是奇怪，平日里在酒楼跑前忙后，两三个时辰屁股不着板凳，也不觉得酸麻，反倒是今日什么也不干，只是站着，两条腿却像蚂蚁挠抓，一刻也不得安生。我身边的公子哥儿干脆席地而坐，捶腿捏足，趁厨子做菜时先歇一会儿。三位官老爷只顾叙旧，倒也不去看台上他人言行是否得体。

换了位置后，韦春和董郭都没什么异样，唯独陈德公左看右看，眉头紧锁，似乎是看不上聚颖楼的家伙。尤其是那柄菜刀，陈德公左手右手再三掂量，不停摇头，竟先在灶台边磨起刀来。韦春的羊肉已然下锅，陈德公才慢悠悠地开始切肉，看得我心里打鼓。

我在酒楼见过昆布，乌绿透光，又泛紫色，闻起来海腥气十足，得用水浸泡后才能下锅。酒楼的菜牌子没有昆布的做法，所以后厨通常也不会用昆布做菜，我也只是听陈德公训斥徒弟时说过用碾碎的昆布调羹，其味道更增鲜美。那三人果然都是先将昆布放在水盆里浸泡，隔一会儿就换一盆水，换过三次方才取出切好下锅。三人的做法几乎一样，先是烧羊，再下昆布，最后调味。那三口锅的热气就像台前计时的三炷香，腾云直上，弥烟四溢。

郡王问另二人："这三人做法如出一辙，你们可发觉有何不同？"

太公道："我眼疾模糊，不知有何不同。"

吕知州道："下官所见肤浅，不知当讲不当讲？"

郡王道："但讲无妨，但讲无妨。"

吕知州依次指着三人道："那董郭试味是直接用大勺从锅中取汤入口，那陈德是用大勺从锅中取汤，置入小碗，再取小勺品尝。而那韦春，从未见他试味过。"

郡王赞叹道："细致，细致，我所问正是此事。一个厨子，所用每一粒盐、每一滴油心中都得有分寸，像韦春这样不入口而心中有数，才是真名厨也。"

太公道："许是这昆布不常做，难以调理。"

郡王道："话虽如此，但仅是这一点细微之处，便已分高下。"

话说完，就听见孙主簿叫道："时辰到，收锅。"

仍是董郭先献菜，侍官将他呈上的昆布羊分盛在三只碗中，端到戏台之上。那三碗昆布羊热气腾腾，异香扑鼻，比起酒楼常做的羊肉带有一丝清爽的气息。吕知州和太公互道一声"请"，取勺尝菜。

吕知州赞道："果然比一般的烧羊更有一番滋味。"太公也跟着赞道："虽是番邦菜品，却也特别。"

二人尝完，郡王却还没有伸手动碗，而是眯缝着眼，略带笑容，静静看着。吕知州问道："郡王为何不尝一尝？是与高丽使臣所献的昆布羊做法不一吗？"

郡王笑道："非也，从菜到碗都很像。"

"那是为何……"

郡王的贴身侍从道："此菜已污，不配入王爷的口。"

我这才明白，吕知州所说的董郭直接用大勺尝味，在菜里带了自己的口水，这样的菜，作为皇亲国戚的王爷是断然不会碰的。

侍从直接命侍官将菜端了回去，吓得董郭双腿直打战，却又不知该不该跪。

陈德公接着献菜，也是分盛在三只碗中，交由侍官呈上。郡王此次当仁不让，先尝一口，赞道："鲜美，鲜美，海盐之鲜与肥羊之美，恰到好处，恰到好处。此羊入口即化，至少炖过六个时辰，比起高丽使臣所做的昆布羊，有过之无不及。"

吕知州道:"想必是早已在酒楼炖了上好的羊汤羊肉,才能在半个时辰里烹制出此等美味。"

太公道:"想不到区区高丽藩国,竟有如此奇妙食材。"

郡王笑道:"那高丽小国物产贫瘠,不会制作铁器,国君贵族也只能用铜锅煮食。高丽使臣一到汴梁落脚,头一件事便是去买铁锅。汴梁铁锅若是以船运送去高丽贩卖,据说价钱能翻十倍。"

众人啧啧称奇,将碗中昆布羊吃了个干净。

直到侍官走到韦春面前,韦春才揭开锅盖,那锅里肉汁扑腾跳跃,红润的羊肉裹着黑亮的昆布翻滚,看一眼便让人垂涎三尺。侍官将韦春的昆布羊端到官老爷面前,郡王拍案而起,道:"此乃真昆布羊也!高丽国惯用铜锅烧肉,汤煮得慢,烧肉出锅也似肉汤,味淡清咸。而那次高丽使臣用在汴梁采买的铁锅烧羊,不熟铁锅习性,制成的昆布羊汁少肉实,汤液浓郁。"郡王指着面前的碗,"就是这个模样。"

吕知州道:"与方才那道相比,这道昆布羊更能显出作为主食材的昆布和羊,汤汁只做了陪衬。郡王,请享用吧。"

郡王点点头,拿起筷子夹了一块小羊骨,轻轻放入口中。陶醉的神情只在脸上停了一惊雷的瞬间,便听见哇的一声,郡王连肉带骨全吐了出来。周围的人全吓傻了,侍卫已经把手握在刀柄上。郡王将嘴里的东西吐个干净,憋出三个字来:"咸,咸,咸。"

吕知州和太公见状尝了一口,也是入口即吐,面目狰狞。

郡王气呼呼地说:"你这厨子,亏本王刚才还夸你不入口而心中有,每一粒盐、每一滴油心中都有分寸,你却连咸淡都把握不好,做出这等齁咸的菜来,岂有此理。"

韦春慌忙大喊："这不可能，这不可能！"

郡王道："不可能？你自己尝尝，看你吃得下去？"

百姓也跟着起哄，叫道："自己尝尝呀，做的时候不尝，做完了不能吃才尝，这是颍州第一名厨。"

韦春站在灶台前，迟迟未动。朱焕朱员外指着韦春骂道："让你尝你快尝呀，磨蹭什么，尝尝到底做成啥了。"说了几遍，韦春仍是不肯动手，性急的朱祈小公子箭步上前，一把推开韦春，取勺舀了一块羊肉塞进嘴里，只嚼了两下便吐得满地都是。朱祈跺着脚伸手啪啪打了韦春两个巴掌，大骂："你个废物，盐都放不好，还称自己必胜你那不死的陈老爹，呸，你连烧坑的叫花子都不如。"朱焕比起儿子来当然成熟稳重许多，不会在人前说这等难听话，他在儿子刚吐之时便趴在地上给郡王磕头，嘴里叽里咕噜地说着求饶的话。

韦春呆若木鸡，被打了巴掌也不求饶，只杵在一边发愣。朱小公子看了更是来气，一脚将他踹翻在地，烧火的木茬子扑了一身，看起来还真像一个烧坑的叫花子。朱小公子上了头，拳头腿脚不停，要不是吕知州喝令住手，韦春怕是要丢了性命。

当官的生气，围观的人却欢喜，人群里隔着栅栏扔来臭鱼烂虾等杂物，有扔得准的都砸在韦春头上。陈德公跑上去护住韦春，老泪纵横，拨开木头茬子护着韦春。

吕知州当即走到台前，大喝一声："都给我停下！"身边的巡捕齐刷刷亮出兵刃，比试场才安静下来。吕知州道："今日比试的乃是厨艺菜式，即便一时失手，也不是什么罪过。只是郡王爷乃金枝玉叶，如何发落，还听郡王吩咐。韦春，你上前来跪着。朱焕、朱祈，敢在王爷面前放肆，无法无天，给我一并押着。"巡捕齐呼："是。"便将三人同押在戏台下跪倒在地。

郡王漱了口，恢复了仪容，倒也没怎么生气，问道："本王走南闯北，倒是也遇到过做菜失手的。不打紧，没做好便是没做好，本王也不怪你。只是本王心中好奇，既然你没有十足把握，为何烹制时不试味调制呢？哪怕是出锅前尝一尝，也还有一丝挽救的机会。"

韦春呆呆地答道："小的学艺不精，输便输了，无话可说。"

太公道："想必是他并不擅长烹制昆布。"

郡王笑道："若论国事政事，本王不及少师半分，但若论这吃，天下还没人骗得住我。其中必有原因，你速速给本王招来，不然治你欺瞒皇族之罪。"

朱氏父子拼了命地磕头求饶，韦春却一动不动，两眼呆滞，仿佛一心求死。

陈德公低头上前，跪倒在地，道："我替他招，只求郡王饶他一命。"

郡王道："御厨，这是为何？"

陈德公磕了个头，道："此事说来话长。春儿不满十岁，他父母便将他托付给我，跟我学厨，是我第一个徒弟，我拿他也当作义子干儿一般。春儿是个天生的厨子，天赋极高，对做菜爱之入骨，是个百年一遇的奇才。只可惜，他十九岁那年，一场高烧烧坏了他的舌头，从此再尝不出半点酸甜苦辣。"

此话一出，不论是郡王、太公还是百姓，都不敢相信，栅栏外哄然议论道："厨子尝不出味道？这老头怕不是在说胡话。"

郡王问道："韦春尝不出味道，如何能做得厨子？"

陈德公道："春儿凭着其天赋，将每道菜的做法、用量、调制、时机都牢记在心里，通过旁人吃过的反应不断调整，才一直隐瞒到现在。"

郡王道："御厨，你是说你这徒弟全靠手熟记性做菜？"

陈德公道："正是。"

太公叹道："难怪王爷让他尝菜，他宁死也不尝。"

郡王又问道："既是手熟，想必这昆布也不在话下，为何会有如此差别？"

陈德公道："是因为换了灶台，春儿不知我取来的是儋州昆布，而非高丽昆布。"

"儋州也产昆布？"郡王问。

"回郡王的话，儋州不产昆布。"陈德公道，"昆布性寒，只在东海北方生长，以高丽国海岸所产最多。东海往南，直至南洋，海水性热，不生昆布。唯独从儋州乘船往西，至安南国沿海有一座高山，山上有寒泉入海，有极小一片海域昆布得以生长。而此处所产的昆布极为稀少，只有往来儋州的商船，才能带到大宋境内。南海水热，盐分高于东海，儋州昆布自然比高丽昆布更咸。此外，从儋州将昆布运至中原，天热加上路途遥远，途中要不停加盐水湿润昆布才不变质。如此一来，原本就很咸的昆布到了中原，更是咸上加咸。中原所用的昆布皆是高丽国贩卖，只需三遍清水，浸泡搓揉一刻钟即可。而儋州来的昆布，需过九遍清水才能入锅。"

"原来如此。"郡王摇着脑袋道，"韦春用高丽昆布的做法来做儋州昆布，又不能试味，岂能不咸？"

陈德公道："春儿因赌气离我而去，为师的有教养不周之过。如今世人皆知其舌不知味，无论如何是做不了厨子了。小的恳求郡王爷开恩，让我带他回去，做个择菜洗肉的杂役。"

郡王道："天妒英才，又适逢能容天地之胸怀，令人感慨，令人感慨啊！也罢，看在御厨师徒情深的份上，这道昆布羊，本王心领了。无罪，都起来吧。"

韦春泣不成声，不愿起来，抱着陈德公不敢抬头。陈德公只好扶着他，到一旁坐着。我看着难受，眼眶里有水珠在打转，不知不觉忘了腿脚酸麻，只觉得头皮一阵阵冒汗。

吕知州道："胜负已分，颍州第一楼的名号归清河酒楼所有。来啊，赐匾。"

孙主簿带着左右巡捕抬上一块亮漆木匾，上书"颍州第一楼"五个大字。贾主户对吕知州作揖行礼，招呼身后伙计接过木匾，高呼："谢郡王，谢少师，谢知州，清河酒楼必不负此匾，一心造福颍州。"百姓见状也齐声高呼："造福颍州，造福颍州。"

郡王摸着胡子，喜笑颜开，连声称赞，待众人安静下来，问道："这清河酒楼地处何处？本王明日欲往再会御厨如何？"

吕知州答道："就在颍州的西街，离此处不远，过了河便是。"

郡王道："西街……西街不好，日落西山，鸿雁归巢，不好不好，颍州第一楼不能在西街。"

吕知州道："颍州东西两条街，本没有名字，只是离东市、西市近，百姓自然就这么叫了。郡王既然觉得不好，不如由下官代百姓请郡王赐个街名，流芳千古，岂不美哉？"

郡王摆摆手笑道："这下厨吃饭本王在行，起名起字就为难了。"转头对太公道，"少师文采天下闻名，就请少师取个名吧。"

吕知州急忙转首，对太公行礼道："有请少师赐名。"

台下百姓也齐声高喊："有请少师赐名。"

太公站起身，踱步到台前，缓声道："皇祐元年，老朽奉旨知颍州事，虽只短短一年半，却已将颍州当作归老之乡。如今我已致仕于此，不负当年所愿。大宋山河，颍州独美；颍州之美，绝在清河。今日清河之畔有此颍州第一楼，正应此景。颍州西街，从此后便叫清河宋街吧。"

众人齐呼："清河宋街。"

颍州第一楼的牌匾就挂在酒楼柜台顶上，每天江掌柜就站在它下面拨算盘。和以前相比，江掌柜的算盘拨打得欢快许多，算起账来从不失手。和以前相比，柜台前的客人付起账来也痛快许多，递过来的钱从不短数。

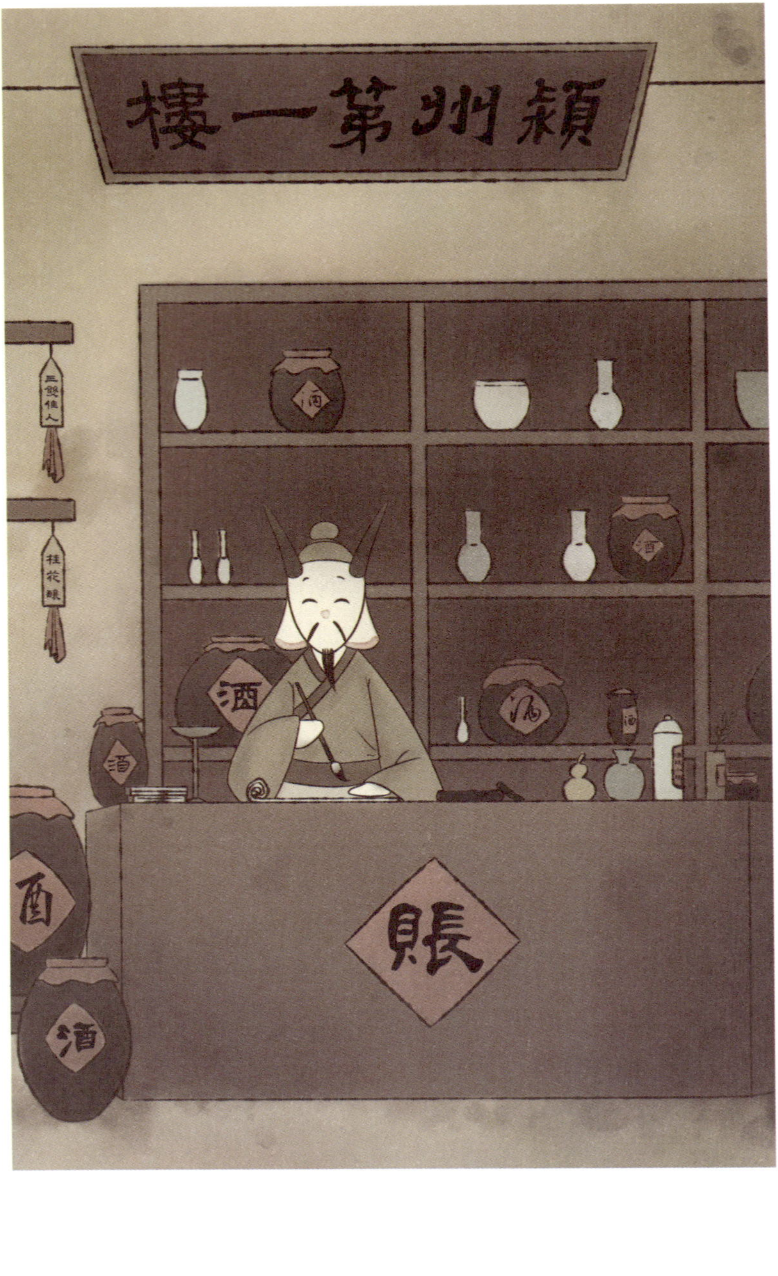
潁州第一樓
桂花釀
酒
賬

第九回 欧阳公驾鹤魂游去 万东家再议女儿亲

清河宋街的街碑赶在元月之前立在了南北两端，用的是颍州当地的石料，请的是太湖的老工匠，刻的是太公亲笔题的字，气势巍峨，路过之人无不称好。街碑就在酒楼门口那座桥的对岸，因为立了碑，街有了名字，桥也跟着沾了光，被称作"清河桥"。我趴在二楼的栏杆边，一眼就能望见街碑。我常在深夜见到抱着纸墨的书生去拓碑文，有的会在拓印之前先磕三个头，以示对太公的尊重，有的甚至能拓上一整夜，只要能躲过巡夜的捕快，那些纸就能卖不少钱。

　　每次我看到石碑就会想念太公，想念食厨大会那天他站在戏台前给西街取名时宽厚的背影。清河宋街的叫法已经传开了，颍州第一楼的名号也传开了，我却再没见到太公一面。食厨大会之后，清河酒楼的生意暴涨了五倍都不止，每日在酒楼门前争座抢位的人络绎不绝。祥来每天最辛苦，原本每天晃晃悠悠地迎客，抽空还能打个盹，如今要从早到晚地忙活，一两个时辰就喉咙嘶哑，口吐白沫。江掌柜看着心疼，想换他到内堂来跑腿，他死活不干，晚饭也顾不得吃，扯着嗓子将他对迎客这份苦活的喜爱反复说了三五遍，拍着胸脯保证就算在门口累死，被客人挤死也绝不给掌柜添麻烦。我听后对他十分佩服，和他相比，我每天就是擦擦桌子、上上菜，在厨房等菜还偷个懒瞧两眼陈德公的手艺，在饭桌上我只配低头吃腌菜，连给祥来擦汗都不配。

江掌柜对祥来也很是佩服，不停给他夹菜，要我们其他伙计以他为楷模，做好自己的分内事。祥来很是得意，顿时成了清河酒楼伙计中的"状元"，吃的是掌柜的亲自夹的菜，迎的是挤破头的豪绅财主。江掌柜夹完菜，对祥来保证绝不会再换他去干别的活，只是祥来每天兜里的散钱要交上来。祥来捧着饭碗挡着脸，阿巴阿巴地叫着走了。我问江掌柜，祥来兜里怎么会有散钱呢？他裤子兜都没有底。江掌柜让我吃饭，别问不该问的事。

我那时确实不懂，有求于人时钱最好用，哪怕求的是一个给酒楼看门的伙计。我以为祥来为酒楼招揽生意每天嗓子都喊哑了，定是有客人被其感动才给他赏钱。就像街角那群叫花子，只要磕头磕得好，总会有人丢几个钱赏他们。在宋街南北，磕头磕得最好的莫过于福来和禄来，当然他们自从离开酒楼就不再叫这个名字了，叫花子有没有名字其实不太重要。福来和禄来有时会在一起磕，有时会去不同的街口单磕，要是磕得顺利，早早就能把一天的饭食磕到，这一天就过得逍遥自在，想去哪都可以，不像我们白天晚上都只能在酒楼里窝着。

酒楼生意好起来之后，福来和禄来每天都待在酒楼的门口，还和祥来打招呼，说你看你累的，不如来跟兄弟们一起躺着。祥来嗓子疼，惜字如金，从不搭理他们，就当没看见。打烊后祥来蹲在酒楼门口吃饭，菜垒到三寸高，对着福来和禄来，再把吃剩的喂街上的野狗。过了一阵子，福来和禄来偷偷跑到酒楼后门，请出江掌柜表示想再回来干活。江掌柜嗓子不疼，为人也很儒雅，自然不会跟这些不懂事的小辈计较，只轻轻说了一个"滚"字，便让吉来用锄头赶他们走了。

祥来仍是在酒楼门口迎客，只不过多了两个新来的伙计，三个人轮番休息，不至于太辛苦。江掌柜新招了许多伙计，酒楼现在从前到后都是生面孔，仿佛颍州城自从郡王爷来过，突然之间家家户户的年轻人都立志做伙计。这些新来的伙计唯恐配不上颍州第一楼的名号，干起活来很卖力气。一桌客人吃完了，我正要去收拾桌子，刚走到一半，就有一道白影唰唰两下蹿了上去，动作麻利地把活干了。我在前堂找不到事做，只好去后厨看陈德公做菜，那里也多了不少人，分起工来也细致了很多。以往择菜洗肉都是我一个人做，现在要分给四个人。

韦春从比试场上被陈德公带了回来，但也没留在清河酒楼，他就像第一次离开陈德公时一样又不见了踪影。陈德公说韦春回老家了，我也不知道是真是假。韦春不做厨子了，对陈德公来说是件坏事，对陈德公其他徒弟或许是件好事。

我很思念太公，他已不做官了，身体又那么好，现在一定过着悠闲的生活，不愁吃，不愁穿，也不用辛苦干活。他会下棋，会抚琴，会写诗作对，还会慢悠悠地煮茶，只要他愿意，他可以一整天都做这些，或者一整天都去睡觉。人可以做自己喜欢的事，着实被人羡慕，就算到了太公的年纪可以这样也不算迟。我向江掌柜告假，去西湖书院看望太公。那条路已不是第一次走，沿途的景色也没有很大变化，我很快就抵达了西湖书院的大门，那门口的青石阶补了新的石头。我敲门，出来的童子却告诉我欧阳公已致仕归隐，不住书院里了。我问他太公现在住哪里，童子只说欧阳公一心想安度晚年，不受外界打扰，曾吩咐过不得引外人前去，但凡有来访者，一律请回。

我和第一次来书院时一样，魂不守舍地失落而回。太公曾专程派童子驾马车来接我去见他，将汴梁带来的精致点心赠给我，让我假扮

第九回　欧阳公驾鹤魂游去　万东家再议女儿亲

侍从在食厨大会上站在他身后，我的名字是他取的，我坐过的蛤蟆鼓被他搬到了花园里，就算没有这些，我好歹也是清河宋街颍州第一楼的资深伙计，他却依然将我算作外人。

我心里赌气，隔了两个月，找江掌柜借了纸笔写了封信。信里说我快要二十岁了，还没人给我取字，人家都说谁给的姓名谁来取字，我只能来找太公了，请太公看到信之后能差人叫我去见他一面。我将信交给童子后，就回去等消息了。

又过了半年多，没有马车来接我，也没有童子来叫我，算算日子，食厨大会已经过去有一年多了。眼看已经入冬，天渐渐凉了下来，我心有不甘，总觉得自己得去问问。我挑了个晴天，换了身干净衣服，出西门往西湖去。虽然心里知道这次多半又是白跑一趟，但该走的路就不能不走，就像酒楼有客人来坐下了，不管面前这桌子已经有多干净，我总要当着客人面再擦一遍。

我步履轻快地踏上西湖书院的青石阶，拎起门环叩了几下。不多时出来个童子，他盯着我上下打量一番，叫道："是你？"

我也叫道："是你？"

那童子正是去年驾马车来接我的童子，一年多未见，他长高了不少。我见是他来开的门，心里轻松了许多，绷紧的脸也缓了下来。我对他说："幸会。"

他却没有幸会的神情，许是没想到我也会用这读书人的词语，面无表情地回道："公子何事？"

我说："我很想念欧阳公，却不知到哪里寻他，几番来这里童子都不肯告诉我。"

童子说:"欧阳公有命,不得对外人透露他所居之处,我也没有办法。"

我一听到"外人"二字,顿时觉得有些羞臊,我明明知道太公拿我当外人,却一而再再而三地来叨扰他。我一时不知如何答话,杵在那里像个木头。童子见到我的窘状,又道:"就算告诉你了,你也见不到。"

我忙说:"是,欧阳公做过大官,被那么多人敬仰,像我这种贫贱百姓肯定很难见到。"

童子摇摇头,道:"那倒不是,欧阳公的确做过大官,位高权重,却从不摆这权势场面,那都是贪官、坏官才做的事。你若早几个月碰到我,兴许我还能代你通报一声。"

我问:"莫不是欧阳公出远门了?"

童子嘴一噘,鼻子一紧,哭道:"欧阳公他老人家三个月前已驾鹤西去,仙逝了。"

我当即觉得晴天霹雳,童子说的一字一句都如同炸耳惊雷,声声如闷拳打在我的胸口。太公去年还能从西湖书院乘马车到颍州城西市,做食厨大会的评判官,第二天陪着郡王爷来酒楼品茶喝酒,喝到兴起时还邀请郡王乘船回书院赏菊,举手投足间精气十足,怎会短短一年便不在人世?我支支吾吾说不出话,眼泪顺着脸颊啪嗒啪嗒流到下巴。童子与我四目对视,他哭起来眼角噙光,泪珠晶莹,比我儒雅许多。童子道:"你别哭了,我都哭三个月了,实在哭不动了。你随我来,欧阳公有话托付给你。"

我听闻心中一喜,咧着嘴问:"真的?"

第九回　欧阳公驾鹤魂游去　万东家再议女儿亲

童子沉思道："你是叫……鲤混儿，对吧？"

我点头如捣蒜，道："对对对。"

童子点点头，道："对就好，你跟我来。"

我跟着童子进门，穿书院而过，四下里还挂着白布孝幡儿，看着让人更加难过。童子带着我到了后院池塘边，指着蛤蟆鼓说："欧阳公吩咐，若是你来了，就让我带你到这儿来，他说托付你的话就在这。"

我看着蛤蟆鼓，心头又是一阵悲楚。我九岁结识太公，到今年已有八年了。八年间，我只见过太公四面，他虽把我当外人，我却把他当亲人。我爬上蛤蟆鼓，又跳下来，围着蛤蟆鼓转了又转，在蛤蟆腿底下发现一个小口，那儿正是我以前放水壶的地方。我拨开杂草，从石头缝里掏出一只黝黑的椰壶，取掉壶嘴，里面塞了一卷绢纸。

童子道："我找了半天，也没找到这东西，原来在石头缝里。"

我无暇理他，将纸卷摊开，上面是一幅画。画里近处有三只黑脸羊羔在河滩吃草，远处有一只白脸羊背着草帽穿着破衫，趴在河边的石头上睡觉。画上还写了一首诗：

神游三万里，

孤梦到清河。

此去身未远，

醒时笑人间。

童子在我身旁听我念了三遍，问我："这幅画何意？"

我说："你不是识字吗？我还想问你呢。"

童子接过画，也念了三遍，道："庄子曰，天地与我并生，而万物与我为一。"

我问："何意？"

童子道："我也不知道何意，书院的先生每次讲诗，都是先像这样吟诵一句。"

我道："那你再看看。"

童子又看看画，道："画里这块石头，跟眼前这块石头倒有些像。"

我道："就是蛤蟆鼓，还有这三只羊，最大的这只叫大角。"

童子道："羊是你放的，那石头上这穿衣戴帽的羊就是你了？"

我道："我不是羊，我是人。"

童子道："我懂了，欧阳公是拿羊来画你呢。欧阳公对你真好，人都不在了还和你打哑谜呢。"

我道："欧阳公把人画成羊，那他自己不也是羊了吗？"

童子道："胡说，欧阳公三朝元老，当世英豪，怎么能是羊呢？这是画，懂吗？"

我将画卷起来，塞回椰壶，把椰壶牢牢绑在腰上，道："我倒认得一个人，他也说过羊和人挺像的。"

童子道："我再问你，当今颍州府知州还是吕公著吕先生吗？"

我点点头，道："是，前些日子还听说他在衙门判案，抓了一伙山贼。"

童子道："欧阳公还托付过，让你去见吕知州。"

我问："还有吗？"

童子摇摇头，说："没有了，欧阳公托付的事，你这算话多的了，许多朝廷大官都没个一句两句呢。"

我说:"那你记性可真好。"

童子一挑眉,道:"先生也这么说我。"

我随他出书院,每走一步,腰间的椰壶就晃荡着打在我的腿上,这只比我以前的壶重多了,想必是很名贵的椰实所做。到书院门口,我对童子作揖告辞,童子也依样回礼。我对他说:"我还不知你叫什么。"

童子道:"在下姓方,名先梅,字朴丘,号贤良子,别号清高山人,又号阁琅居士。"

我默念了一遍,道:"你才多大,就有这么多名字,真是威风。"

方童子道:"哪里哪里,我还有乳名没告诉你呢,我们读书人都要有名有姓,有字有号,把酒言欢时以雅号相称,才不显得粗鄙。我有三个号,欧阳公只有两个号,一号曰醉翁,又号曰六一居士,其意深远,我等凡人不可知。"

我佩服道:"你都有三个号了,我连字都没有,我要像你一样能在书院长大就好了。"

方童子道:"一派胡言,出身贫贱就只能砍柴打鱼吗?买不起纸笔就可以不读书吗?亏得欧阳公挂念着你,你却只想着不劳而获。"

我羞愧不已,匆匆告辞离去。刚走上官道,太公西去的悲痛又涌上心头,我边哭边走,不知疲倦,却不知怎的,原本一两个时辰的路我一直走到太阳落山才进城。我看天色已晚,去衙门找吕知州怕是来不及,便先回了酒楼,一进门就看见贾主户和万沪万东家正在上楼。贾主户朝我喊道:"混儿,来得正好,去烧水来。"

我顾不上歇脚,去厨房取了炉火和铁壶,灌了清水,抬进晴川阁里。贾主户和万东家分席而坐,主户命道:"混儿,你在此煮茶伺候,好生看着火。"

我应了一声,坐在角落地上烧水。

万东家笑容满面,与贾主户对坐寒暄。万东家道:"万某此番前来,是想与大官人商议小女与徐三公子的亲事,不知大官人有什么消息?"

贾主户道:"有劳大官人亲自跑一趟,贾某惭愧。上次大官人与我说了此事,贾某不敢耽搁,即刻给徐松递了话。"

万东家道:"那徐大官人的意思是?"

贾主户叹了口气,道:"徐松倒也没说什么,只是这三公子刚中了举子,正发愤读书以准备进京参加省试,家里除了徐夫人能进屋送饭,谁也不许踏入他房中半步。徐松托夫人去传了话,三公子称功名报国在前,儿女私情在后,一切等过了来年再说。"

万东家道:"徐三公子年少有为,求取功名自然是最要紧的,但是正所谓成家立业,家成则业立嘛。况且,徐三公子一心读书,也不打紧,只要徐大官人同意,我们两家先行定亲,等公子考完了试再办婚事。"

"哎呀。"贾主户一脸为难,"贾某也是这个意思,只是那徐松溺爱幼子,凡事都要依他。三公子不答应,徐松也做不了主。"

万东家道:"这婚姻大事哪有儿女自己做主的?贾大官人你是徐家主户,此事你得管呀!我万家虽不是什么达官显贵,在颍州也算是有头有脸的大户,小女小梨是家中明珠,知书达理,花容月貌,多少媒婆挤破了门来给王公子孙求亲,我连门都没让进。我也是见徐家是个清白人家，徐三公子也是淳厚孝顺、勤勉聪慧的人，才愿意结这秦晋之好。"

贾主户道："大官人所言极是。徐三公子本就对万小娘子一见倾心，之前曾苦苦哀求他爹去求亲，矢志不渝。定是他想考取功名之后，再风风光光地娶她过门，才如此刻苦用功。大官人无须着急，此事包在贾某身上，待明年开春省试一过，徐三公子中了进士，万小娘子做个进士夫人，岂不美哉？"

万东家闷头喝茶，茶苦难咽，道："徐三公子中了进士，那汴梁城多少豪门大户，未必就看得上我家小梨了。"说罢叹了口气，又问，"不知大官人可认得其他家品学兼优的公子尚未婚配的，小女若无福做进士夫人，嫁个寻常百姓也是福分。"

贾主户摸着胡子想了半天，摇摇头道："大官人恕罪，贾某一时半会儿还真想不到有哪家公子合适，大官人容我几天时间，我好去寻问寻问。"

正说着，忽听得阁外有年轻男子一阵喧哗，万东家问道："外头何人说话？"

贾主户使了个眼色，我放下扇子出门瞧了两眼，回来道："是费二郎听说潘术从汴梁回来了，专程来看他，在外头说话呢。"

"这费二郎和潘术是谁？"万东家问。

"费二郎是我在城南庄里的雇户费家的小儿子，潘术是店里往汴梁跑货采买的伙计。两人无甚规矩，冒犯了。"贾主户道。

"此二人可有婚配？"

"大官人莫急，"贾主户笑道，"这潘术家在磁州，已成过家了。

这费二郎倒是没有成婚,只是……只是他岁数二十有四,怕是大了些。"

"二十有四,比小梨年长十一岁,是不太般配。"万东家嘀咕了两句。

"不过大官人,费家是我庄里的老人,虽不是家财万贯,却也吃穿不愁。费二郎是我看着长大的,为人踏实孝顺,做事勤奋耐劳,长相也俊俏。只是因为他大哥离家早,爹娘膝下缺人手,婚事才一直拖到今天。依我看,虽然年纪是大了点,但若是小娘子嫁过去,享福还是妥妥的。"贾主户给万东家沏茶。

"敢问费家是做什么营生?"万东家道。

"世代以打铁为生。"

"可曾读过书?"

"未曾读过书,但字是认得的。"

"这……"万东家眉头紧皱,起身拂袖道,"如此实不般配,有劳贾主户再费心寻问寻问。万某告辞。"

万东家说罢自己下楼去了,贾主户并未起身相送。饮完了碗中茶,贾主户自语笑道:"先前对我说小梨乃他万家心头至宝,若是嫁得潦草,愧对泉下祖先。呵呵,如今见人考上贡生前程似锦,便不记得自己说过的话了,荒唐,荒唐。"

我给贾主户碗中添水,道:"万东家好像着急要把万小梨嫁出去似的。"

贾主户摇摇头道:"谁知道呢,那小梨今年十三岁,也是时候定个亲了。咦,你与她年岁合适,不如我给你说说,你去做那万大官人的女婿吧?"

我吓得一愣，慌忙求饶道："我配不上，我配不上。"

贾主户乐不可支，道："万家如今有钱有势，的确是看不上你，不说也罢。你呀，就是个做伙计的命，一辈子踏踏实实就行啦。等你再过两年，攒些积蓄，我再给你寻一个踏实过日子的小娘子。"

我回道："我现在不寻思娶亲，我今天去西湖书院，才知道太公他老人家已经过世了。他那么大官老爷都会死，我一个孤儿也没什么多求的。我就是想念他老人家，要是没有他，我连自己的名字都不认得。"

贾主户也黯然道："欧阳公仙逝我也是刚知道，他对咱们酒楼有恩，按理是应该去拜祭的。混儿，我在后堂设一香堂，你每日都去拜拜他老人家吧。"

我点点头，想来这世上应该就剩贾主户算是我的亲人了。他虽不怎么搭理我，但毕竟是我的救命恩人，还允我读书，带我进颍州城。如此说来，清河酒楼也算是我的家了。我对贾主户说："主户，太公死前托人告诉我，让我去找吕知州，我明日就去衙门问问，也不知是何吩咐。"

贾主户道："既然是欧阳公让你去的，你去便是。吕知州有什么话你就照办，他是个清官，不会害你的。你今日走远路了，去歇着吧。"

我将火炉和铁壶送回后厨，打了招呼便回了客舍，将太公留给我的椰壶塞在床头底下。这一天下来，腿脚沉重，心也很重，只觉得昨日离我已经很久了，而今日却过得很长，长到翻来覆去也合不上眼。

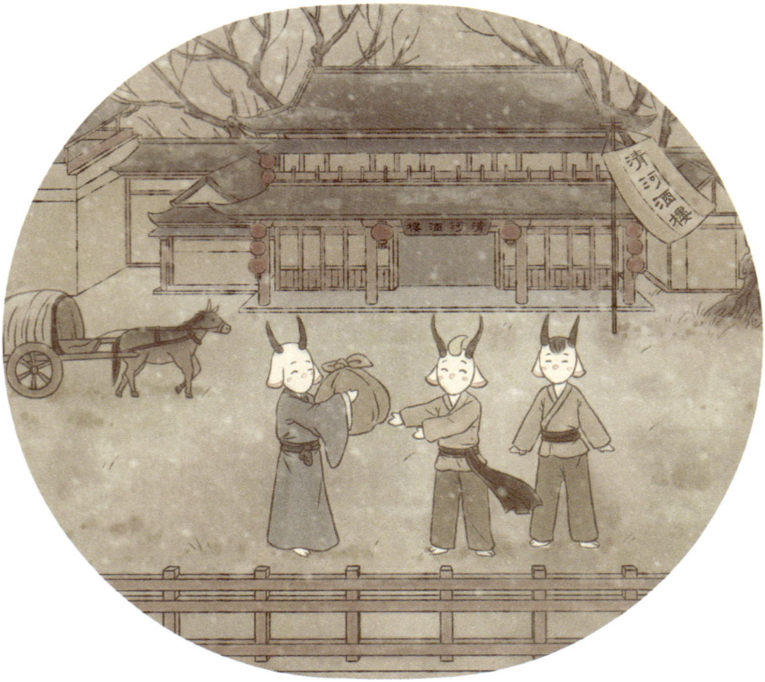
清河酒楼
清河酒楼

第十回　方童子月夜送冬衣　万小梨西市瞧俊郎

祥来说颍州多了许多外来的生人，有操着吴越口音的公子，也有从巴蜀来的员外。祥来每天在外头见人，见多则识广，颍州百姓只要腿脚利索能出门的，祥来多半能记个脸熟。外来的生人拥入颍州，大多会慕名来酒楼吃饭，经祥来一提醒，跑堂的几个伙计也都说最近生客多了不少。这里头最显眼的莫过于汴梁来的玉鬓客。汴梁是京师，不仅富庶，论风雅也是第一。听说今年开封府一带时兴玉鬓，在耳朵上夹一块玉片。那玉片越有形意，越是名贵，戴它的人就越是风流。不论官员还是百姓，也不论读书人还是生意人，人人效仿，蔚然成风。在斗酒、斗茶、斗诗文之后，斗玉鬓一时风靡汴梁城。在颍州，但凡见耳边戴玉的，多半是从京师来的。

清河酒楼如今已是日出开张，三更才打烊，除了早晚两顿正餐，整个白天都供应茶酒和小菜，仍是来客不断。颍州的百姓以能到清河酒楼办一顿酒席而脸上有光，颍州的大家富户则以到清河酒楼煮茶论事为闲情雅趣。贾主户盘下了隔壁的宅子，正打算扩建一座茶楼，日后把墙壁打通，两家并一家，气派便不输贤月楼。江掌柜也早早将后门外的民宅通通租了下来，改成客房，否则大量的人手没地方住，酒楼压根儿转不起来。

不仅是贾主户和江掌柜在盘算房产，整条清河宋街南北大量的房屋都在转手或翻新，那些外来的生面孔自然是看到了发财的机会，带

第十回　方童子月夜送冬衣　万小梨西市瞧俊郎

着钱和生意来颍州谋划大赚一笔。宋街在这些游商眼里是条生财大道，中间有河，可以通船。船可以载人，也可以运货，虽行不了高桅的大船，但胜在灵活。两岸多石阶可做码头，最适合散货生意。河两岸是可并行三辆马车的宽阔道路，北端直达清河内港，南端到水门后下船就是南城门。河道上有十余座跨河的石桥，宽的可行车，窄的可步行，来往穿梭极其方便。此外，西城门和西市也在这条街的附近，在此经商，天地人和。

贤月楼虽说在食厨大会失了主厨又丢了人，却也没怎么伤到根本，朱家实力雄厚，没过几日便恢复了元气，每日也是门庭若市，只是不再来清河酒楼找碴了。两家掌柜的在街上碰面，会客客气气地相互行礼问安，谈些经营之道。陈德公管这叫和气生财，领头的和气了，生意自然就来财了。我很疑惑这些人为什么不一上来就和和气气呢，非要斗上一斗才愿送个笑脸。陈德公说人就是这样，有些道理光说没有用。

我连着三日去衙门找吕知州，衙役都说人不在。我在衙门口走来走去，正巧遇见孙凡主簿出门行公事，他告诉我吕知州去京师奏报朝廷了，起码要一个月才能回来。我没法子，只能先回酒楼干活，免得天天瞎跑，不像个伙计的样子。刚进酒楼，就见到万东家在窗户边坐着，我过去行礼，问道："万东家，是来吃饭还是找人呀？"

万东家瞥了我一眼，道："我自然是来找你们贾东家的，不知他平日里何时来酒楼？"

我说："那可没准，酒楼有江掌柜照应着，东家他时不时会来看看。自从上次大官人走后，这两天都没见他来过，这会儿来不来小的说不准呢。"

万东家看上去不太高兴地说道:"如今想要见见你们这颍州第一楼的东家是比见州府官老爷还难。也罢,你今日若是见到你家东家,务必替我转达一句,我傍晚时分再过来,找他有要事。"说罢掏出茶钱摆在桌上,径直出门去了。

我收好钱送到账台去,回来收拾茶壶擦桌子,忽然身后有人拍了我肩膀。我扭头一看,万小梨左晃右晃地站在我身后,对我说:"我爹跟你说什么了?"

我答道:"没说什么,就是让我告诉我家东家,说傍晚再来,有要事相商,具体什么事我也不知道。"

"哦……"万小梨道,"费家二公子在你们这吗?"

我摇摇头:"你说的是费二郎吗?不在,他平日都在西市卖铁器,寻常不会来店里。你找他做甚?"

万小梨噘着嘴,一屁股坐在她爹刚坐过的地方,道:"我爹要把我许配给费家二公子,我都没见过这个人,想偷偷来看看他长什么样。若是生得好看,我便从了。若是短小丑陋,我……"

"费二郎才不短小丑陋,他是我们庄最俊俏的儿郎了。"我说。

"真的吗?带我去看看。"万小梨跳起来拽着我便往门外走。我拉住她,说:"不行啊,费二郎此时应该回庄里了,要看得出城去呢。再说了,我在做工呢,不能出门去的。"

万小梨气得跺脚,又回来坐下,道:"唉,听我爹说费家二公子是打铁的,那得多热啊,我最怕热,一热就出汗,一出汗就浑身难受。我若是真许配给这个费家二公子,就要每天去看炉子了。"

我对她说:"费二郎平日里也不看炉子,都是他爹打铁,他来城里卖。但是他哥哥大郎成亲后就搬了出去,好像是自己打铁自己卖,我也不知道你们若是成亲了,会不会也是这样。你要是不想嫁,就跟你爹爹说呗。"

"哼,我爹那个人,才不会听我的呢,他现在巴不得我快点嫁走,嫁得越远越好,还以为我不知道。"万小梨越说越气,拿起她爹刚喝过的茶水猛饮了一口,又哇地吐出来叫苦。

我赶紧抄起抹布擦,边擦边问她:"你爹爹不是最疼你吗?之前我们东家想替徐管家的三公子求亲,你爹理都没理,说舍不得你呢,怎么现在又想你快点嫁走?你胡猜的吧?"

万小梨瞪着我,道:"谁胡猜了,这都是我爹亲口说的。"

我笑道:"你爹还能亲口对你说这个?"

万小梨道:"倒不是对我说的,是对我娘说的,被我听到了而已。唉,今时不同往日了,他们可不像从前那般疼我了。"

我这才仔细看了看万小梨,她身着粉色襦袄,胸脯微挺,脸也瘦了一些,是不像以前圆润了。

"据说那徐三公子中了举子了,我爹后悔死了,要是他那日答应了,我起码不用对着打铁的炉子过日子了,没准还能做个官夫人。"万小梨托着腮沉思道。

我说:"依我看,你家是城中富户,家大业大,想找个般配的好郎君也不是难事。颍州找不到,还有别的地方呢,你们家的编织物不是都卖到汴梁去了吗?京师的公子多着呢。"

万小梨又是叹气,道:"先前确有不少来求亲的,我爹都给人赶跑了,现在就算还有汴梁的公子来求亲,我爹也定不敢将我许配过去。都怪我,也不知怎么了,怎么会突然就没有用了呢?我也没吃什么不该吃的东西呀……"

我见万小梨两眼呆滞、胡言乱语,待会儿可别打扰到别的客人,赶忙擦了桌子,对她说:"要么你先回去,万一等会儿你爹又来找我们东家,碰见你在这玩耍也不好。你明天一早来,我带你去西市,你藏在人堆里看看费二郎,行吗?"

万小梨嘻嘻一笑,跳起来说:"行,一言为定!我先走了,你别跟我爹说我来过啊,我走了。"

万小梨蹦蹦跳跳地走了。听人说女人岁数越大就越蹦不起来,因为腿脚没力气,身上负担又重,赶起路来最是麻烦,富人家要抬轿子、赶马车,穷人家就只能靠男人背着。所以嫁汉择婿,若是穷人家就要选那身强体壮的,富人家才选那弱不禁风的。万小梨现在是颍州城数一数二的富贵千金,按说应该找那饱读诗书的俊秀郎君,她爹却打算将她许配给铁匠家的粗壮儿子,一定有其苦心。万东家能从破落茶坊的小店贩子做到如今家大业大方圆闻名,对待娇贵女儿的婚姻大事,我们凡人想破了脑袋恐怕也领会不到他的意图。

傍晚时分,万东家果然又来了,贾主户提前留了座位等他,只是阁间几日前就被预订出去了,只能委屈万东家坐外头。万东家风尘仆仆,也许是怕被坚持不懈上门求学的仰慕者撕扯,玉佩金饰都攥在手里。万东家对贾主户道:"万某信得过大官人,大官人赏识的人必是靠得住的。若是小女日后嫁到大官人的庄里,那万某和大官人也算是半个亲家了。"

贾主户诧异道:"万大官人此话何意?莫不是又相中我庄上哪户人家了?"

万东家道:"非是他人,就是大官人前日里说的费家二公子。我听闻这位公子一直在父母身前侍奉,自幼纯良,从无作奸犯科,虽是铁匠出身,却也干干净净,是个清白人。小梨是我心头至宝,她的婚事,我是日思夜想,就想找个能善待她的好人家。实不相瞒,来求亲的人里不乏达官显贵,万某却统统拒之门外,为何?平安是福,平安是福呀。"

贾主户毕恭毕敬地行礼道:"万大官人此言着实令贾某佩服,不拘世俗者乃当世真豪杰也。贾某以茶代酒,敬大官人。"

我赶紧提壶倒茶,心想费二郎在西市打架被抓进衙门大牢也没两年,若他都算从无作奸犯科自幼纯良,那我岂不是更应该去做他女婿?

万东家喝了茶,又道:"若大官人不嫌弃,请为小女保这一桩婚事,日后两家和睦,做个欢喜亲家。"

贾主户忙应道:"岂敢岂敢,贾某能为大官人做媒,实乃三生有幸,义不容辞。不知大官人对这婚事有何要求?"

万东家长叹道:"万某有两儿一女,对小梨最是宠爱。若是她嫁走了,万某与贱内就只能孤苦伶仃日夜思盼,实在是舍不得。但女儿没有不嫁之理,只盼个好人家能让我们放心。"

贾主户道:"大官人尽管吩咐。"

万东家道:"那万某就敞开说了。不怕大官人耻笑,我那贱内一日见不着小梨就心慌头痛,一提起小梨将来要嫁人就伤心不已。唉,妇道人家不识大体,我也是熬不过。不如将来成亲后,让小两口就住在我家里，一来我们做长辈的时时能见着，有个照应；二来费公子也可在茶坊帮忙做生意，不必每日奔波贩卖铁器，劳累辛苦。如此岂不是一举两得？"

贾主户笑道："贾某懂了，大官人是想招个上门女婿。"

万东家也笑道："大官人见笑了，万某也是没办法呀。"

贾主户道："以大官人殷实的家境，莫说费二郎，就是全颍州的少年郎，想入赘万家的怕也十有八九。大官人无须避讳，千金娇贵，想留在身边实乃人之常情。"

万东家举杯道："谢大官人，万某请了。"说罢一饮而尽，我赶忙续上。

"只是……"贾主户又道，"此事我做不了主，那费铁匠生性倔强，倘若他不答应，该当如何呢？"

万东家道："若实在不愿意入赘，万某也不强求，婚事就按规矩办即可。只是，贱内爱女，有两个要求。"

"大官人请说。"

"其一，我万家虽非名门贵府，但在颍州城也算是有门脸的人家，聘礼若是太寒酸，万某这老脸不好搁，更不想小女背着下嫁的辱名为生。但万某也不是贪财好物之人，绝不会刻意为难。金十两，银十两，钱十贯，缎十匹，绢十匹，器十件，明媒正娶足矣。"

贾主户细思后道："这钱十贯、缎十匹、绢十匹、器十件倒也合乎情理，但这金十两、银十两是否太多了些？官府所定上户人家聘礼也才金一两、银五两，这般多金银聘礼，恐费家一时拿不出来。"

万东家道："实不相瞒，这些金银钱物就是再多一倍，万某也不放在眼里,钱财乃身外之物,生不带来死不带去。只是万某虚度半生,也要留个清名给后代子孙,不想后世骂我贱嫁女儿,辱了万家宗室。钱嘛,将来总是要留给子孙的。"

贾主户道:"官人请说其二。"

万东家道:"其二,成亲之后,小两口即迁去江南居住,不得留在颍州三百里内。如此,贱内断了念想,我们万家才能过得下去啊。"万东家说罢拿袖口擦拭眼角,泣声道,"我这个女儿乖巧孝顺,一日不见,如同割肉,不如远走高飞罢了。"

贾主户道:"贾某明白了,大官人一番苦心,贾某自愧不如。我近日便去牵这一桩姻缘,有消息立刻送到府上。"

万东家又饮了一盏茶,起身告辞。贾主户送到门口,回身对我说:"明日一早你便去西市瞧瞧,若是二郎来了,请他回家转告他爹来酒楼见我。若是二郎没来,你便辛苦回庄里一趟,请他来吧。"

我一口答应下来,心想明日正好要带万小梨去西市偷看费二郎,刚好一并去了。贾主户和万东家谈事,用的都是好茶,每次都剩了大半壶在碗里,丢了糟蹋。我见贾主户走了,掌柜的又不在,往碗里沏了点水,搅和搅和尝了一口。那茶汤味重如煎药一般,极苦、极涩,我两眼一黑,舌头一阵阵发麻。祥来从门外跑进来叫我:"混儿,外头有人找你,是个年轻后生。"

我说:"呸呸呸。"

祥来一头恼火,道:"我好心来通传,你怎么呸上了?"

我说:"呸呸呸。"

祥来说:"你爱去不去。"

我急忙追上他，哑着嗓子赔不是，又不敢说自己偷喝茶水，只好说咬着舌头了。祥来拽我到门外，河边停着马车，车边站着方先梅方童子。见我出来了，方童子从车里取出一个布包，递给我说："前些日子我见你身上单薄，故而从书院里收拾了一些过冬的棉衣，你拿着吧。"

　　我一摸那布包，软软乎乎，散发着一股书墨的香味，极为感动，正要感谢，祥来冲上来说："都有人给你送冬衣来了，难怪你都瞧不起人，要呸我。"

　　方童子瞅着祥来，道："你是何人？来此何事？"

　　祥来摸摸脑袋，奇怪道："什么叫我来此何事？明明是你来此何事，是你刚才叫我找混儿出来的。"

　　我对方童子道："他叫祥来，跟我一样，是这个酒楼的伙计。"

　　方童子行了个礼，道："刚才黑灯瞎火的没看清，原来还是你。我是从西湖书院来给他送衣服的。"

　　我说："怎么敢劳驾你专程给我送衣服，实在是太谢谢了。"

　　方童子眉头一皱，道："你这是什么话？谁专程给你送衣服了？我今日是受青墨书院之请，进城来论学的，只是顺道给你带来罢了。"

　　我低头鞠躬，道："专程也罢，顺道也罢，都是大恩，都要谢的。"

　　方童子道："这些都是书院的旧衣物，有些寒门学子每到冬天就冻得全身发抖，读不了书，做不了课，先生们就做了些衣物留在书院里，以备不时之需。"

　　祥来道："难怪叫寒门学子，冻得发抖也得学课。不知书院还有没有剩的衣物，也给我两件吧。"

方童子又瞅着祥来,问:"你读书吗?"

祥来摇摇头,道:"只识得几个字,还是掌柜的教的,说怕我不认得官老爷的牌子,把衙门里的人当客人招揽进来了。"

方童子不屑道:"不读书,怎么配穿书院的衣物?"

祥来嘀咕道:"他也不读书,他怎么配穿?"

我对祥来说:"我读过几年书,薛先生教的,怎么不配穿了?"

方童子又瞧着我道:"你读的那也叫书?不过山野皮毛罢了,我们西湖书院最差的学子,也比你那先生强百倍。"

我想了想,觉得也对,把布包又递给方童子,道:"我不配穿,你拿回去吧,别冻着寒门学子。"

方童子没接,双手背后,来回踱步道:"如今西湖书院名声在外,来求学的都是家底厚实的,别说冬衣棉裤换着花样穿,就连外头下鹅毛大雪,屋里也有铜炉烧火,热得流汗。这些旧衣物自然也用不上了,你拿着吧。"

祥来又嘀咕道:"说了半天,原来是来施舍的。"

方童子瞪了一眼祥来,道:"你这是什么话?我们读书人的来往岂能叫施舍?"

祥来不敢高声答话,眼睛瞥着清河,不服气地说:"读书人,读书人,读书人就高人一等吗?"

方童子哼了一声,道:"那是自然,不读书不知天下事,不读书不晓世间学。我且问你,你为何要做酒楼的伙计?"

祥来道:"我自懂事就是酒楼伙计,我爹也是伙计,我爹的爹也是伙计,我们一家三代人都是伙计,我自然也要做伙计。"

方童子笑道:"那你爹要是山贼,你爹的爹也是山贼,你也要去做山贼吗?"

祥来道:"不,那我就去读书了。"

方童子两步登上马车,骂道:"朽木不可雕,不可雕不可雕。"

我推开祥来,赶到马车旁拉住方童子,道:"祥来不懂规矩,别跟他一般见识,改日我必登门道谢。"

方童子摆手道:"免了免了,你们做伙计的我还是少见为好,我走了。"

我目送马车离去,祥来还在河边生气。我打开布包,取出一件交给他,说:"我也穿不了这么多,这件就给你吧。"

祥来接过冬衣往身上一套,搂住我的脖子往回走,道:"人哪,不读书不一定懂事,读了书也不一定不懂事。哎,我好像说反了,不读书不一定不懂事,读了书也不一定懂事。哎,应该怎么说才是……"

我推开他粗短有力的胳膊,道:"读了书就会说了,你还是上外头站着吧。"

祥来也不羞耻,穿着书院的冬衣卖力招呼。冬天天黑得早,酒楼门前挂起红皮灯笼,祥来在灯笼底下倒是像个读过书的人。祥来倘若真的读过书,他懂得的那些道理便能用纸记录下来,贴在墙上,让更多人学会。但倘若祥来真的读过书,他懂得的也许就不再是那些道理,可能是另外一些道理,也可能压根就不是道理。

万小梨一大早便来酒楼后门叫我,后厨一大帮厨子盯着我开门,然后被一个小娘子扯出去。我嘴里还塞着菜馍,粥也没顾得上喝两口,就听见万小梨急吼吼地催我:"走吧走吧,我偷跑出来的,被我爹发现就完啦。"我问她："你吃了吗？店里一大早都会做一点吃的，免得干活没力气，要不要拿一点给你？"万小梨说："等不及了等不及了，你别吃了，下回我带我家的点心给你吃，保管比你这好吃一百倍。我家那点心，足足有二十种做法。我家还有个专门做点心的厨子，那厨子你不认识，其实我也不认识，我只知道他是从江南来的，坐船来的，要不是他做的点心太甜，我真想每天都拿点心当饭吃……"我打断她的话，说："你再说，我就饿得走不动了。"

万小梨推着我往西市去。街两边家家户户都在开大门、挂招牌、掀窗帘，一天的营生这时候差不多也该开始了。我对万小梨说："这会儿西市最是热闹，人多得很，你跟紧我，别走丢了，走丢了我可担待不起。"

万小梨笑嘻嘻道："你放心，颍州城我丢不了，你只管快点带我去看看人便是，看了我心里就有数了。"

我说："你有数管什么用啊？你爹昨天来说了，想让费二郎倒插门做你家上门女婿，要么就是给一大笔聘礼让你们去江南居住。依我看，费二郎不会做你家上门女婿，也给不起那么多聘礼，你看了也白看。"

万小梨愁道："我爹就是嘴硬，大不了我跟我娘求饶，让她跟我爹吵去。不过要是真去江南我也乐意，江南的点心好呀。我跟你说，我家那个做点心的师傅，说起话来都像点心一样酥酥软软的。"

我说："若是你跟费二郎去江南，那我倒还放心，他为人善良，又能干，对你肯定很是照顾。若是你跟别人去，我就不敢说了。"

万小梨凑近了我，问："那费家二公子真有你说的那么好吗？"

我点点头，道："不信你可以到庄上问问，没有人家说费二郎不好的。"

西市自扩修后敞亮了许多，也比以前规整了，各门各类的货物售卖在这里都划定了区域。比如最靠外的是卖菜的，有担车摆架的摊主，也有铺在地上的小贩，之后是鸡鸭兔子之类的活物，再往后是日常用的软硬器物，最里面的是铜铁农具。要在西市做买卖，须先去找司市官登录名册，缴纳保钱，若是买卖弄虚作假，或是欺行霸市，保钱要充公。费二郎就在西市靠里的边上，也学人家挂了幡，写着"费家铁器"。

我远远瞧见费家铁器的铺位上有人头在动，便对万小梨说："费二郎此时在呢，你先随我走，躲在人堆里，我跟他说几句话便回来找你。"万小梨急忙点头，跟着我走。

我挤过人群走到费二郎面前，他像是刚刚才到，正从口袋里翻出货物摆在木桌上。抬头见我来了，费二郎问："混儿，你怎么来了？是潘术回来了叫我过去吗？"

我笑道："你老大不小了，怎么不盼着有小娘子叫你过去，反倒想着男子叫你？"

费二郎憨笑道："哪里会有小娘子叫我？叫我的可都是耕田的农夫、钉掌的马夫，还有割肉的屠夫。这一大早你来找我做甚？难不成酒楼不要你了，你要来这学卖锄头吗？"

我道："我可卖不好这锄头。是主户让我来找你，让你今天回去后务必请你爹爹去找他一趟，有好事商量。"

费二郎问："什么好事？"

我说："主户只让我来找你，没说让我告诉你什么事，我可不敢多嘴。呃……你出来一下。"我让费二郎从铺位里走出来,站在铺前,我拉着他转了三圈,好让藏在不远处的万小梨瞧个清楚。费二郎糊里糊涂,问我:"混儿,你转我做什么?"

我说:"贾主户让我看看你瘦了没有,怕你爹不给你饭吃。"

费二郎笑道:"爹爹虽对我严厉,却也不会不给我饭吃,饿不着的。"

我也跟着笑,说:"以后说不定你山珍海味吃多了,还不爱吃这糙米饭了呢。行啦,我走了,还得回酒楼干活。你记得让你爹来找主户,千万别忘了。"

费二郎道:"怎么敢忘?我午时回去便让他过来。"

我说罢就往回走,路过万小梨身边,她悄悄跟了上来。走了一阵,费二郎肯定看不见我们了,万小梨才凑过来说:"那就是费二公子吗?"

我说:"是呀,你瞧见了吗?"

万小梨点点头,道:"你还拉他转了三圈,我能瞧不见吗?"

我问:"既然瞧见了,你看他短小丑陋吗?"

万小梨顿时羞臊了起来,腼腆道:"短小自是没有,丑陋嘛也谈不上,比起西市这些个粗俗贩子,二公子算是俊俏多了。"

我又问:"我就说嘛,费二郎像你这么大时,来牵线的媒婆也多着呢,让他做你的上门郎君,你这下满意了吧?"

万小梨走着走着又蹦跳起来,从西市回酒楼半刻钟的路程,她就像一只啄中青梅的黄鹂鸟,眉目带笑,撒欢儿奔跑,粉色的襦袄比天上的红日头还要光耀。我亲眼见过她这般喜悦,和酒楼开张那天她笑话我时一模一样,所以在她出嫁那天,我怎么也不能像她爹那样高兴起来。

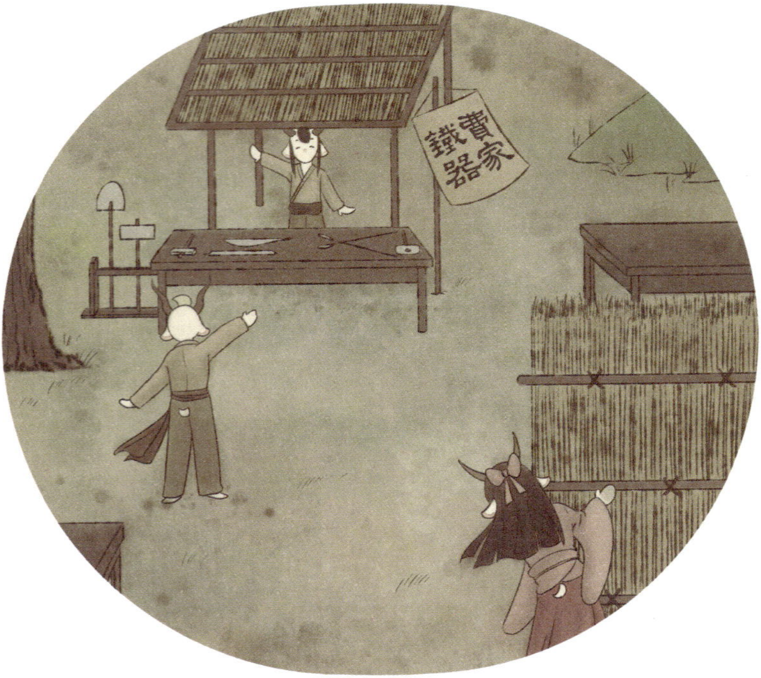
賣家
鐵器

第十一回 老铁匠怒锤好姻缘 姚员外新居喜提亲

自从清河宋街声名鹊起之后,原本散落在颍州城各个角落的小买卖就蜂拥而来。从清河桥到贤月楼,一路上经营叫卖的小贩数不胜数。有当街熬肉汤的大锅,揭盖时能香飘三里,锅旁边摆着各式各样的配食,有肉脯、野鸡、鳝鱼、羊白肠肚、炸冻鱼干、鸡杂碎等,吃了浑身是力气,也有辣姜、腌萝卜、素签细粉、木瓜、莴苣、杏干、笋干、麻腐瓜皮等,清口爽腹,又不花什么钱。还有当街口卖甜膏滑食的,百般花样,有砂糖绿豆水、甘草糖、荔枝膏、甜瓜小汤、梅子干、紫苏膏、草药糖果儿、水晶酥蜜等,只要花上一两文钱便能尝到滋味。颍州城本地常吃的面食、团子、杂汤四处皆是,近来也有了江南来的花色糕点、京师来的名贵膳食,就连辽国贩运的鹿茸和皮草也有店铺出售。西城原本一处平宅,将其卖掉就可在东城置办一处两倍大的新宅,若是宅子临街,价钱还能更高。在这样的行情之下,原本破落的沿街宅楼纷纷改装换颜,变成了字画店、珍玩店、布匹店、药铺、茶盏楼子等。这些店面修建得精致典雅,很多木料、石材都非颍州本地供应,工匠也是从外地请来的。

在这些新开的店铺中,唯独没有酒楼,据说是因为忌惮"颍州第一楼"的名号,做这一行的东家不敢来叫板。也有眼红清河宋街人声鼎沸的,盘下一间小店面,开个脚店小馆,卖些特别的菜肴汤食,也成不了大的声势。宋街总共就那么长,两边楼阁店铺塞得满满的,街道两边被小摊小贩占领，再有想来做生意的，就支起船桨在清河上卖。若是碰见外来的客商，乘船自北向南游上一番，看看清河宋街的热闹，也别有一番滋味。

　　费二郎与我趴在二楼的栏杆处，眼里皆是宋街繁盛熙攘的景象。这个地方我趴惯了，通常我屁股还没发酸，身边的祥来已经能说上好大一段道理，或是点评江掌柜的经营有何失策，或是点评颍州城治理有何缺漏。虽说这些事都不归我俩管，但祥来谈吐之间仍是尽心尽责，毫无推辞之相。每每敞开心扉聆听一二，我总能学到不少东西，常有茅塞顿开的感受。此时祥来换成了费二郎，他比我年长许多，虽说在酒楼他算客人，我也拿不出像样的东西招待他，只能请他享受片刻这风光无限的街景罢了。

　　费二郎神色并不舒展，盯着楼下来来往往的人，生怕错过了他想看到的那个人。我只好安慰他说："掌柜的一时半会儿回不来，你不用担心，况且就算掌柜的回来看见你了，也不会把你怎么样。"费二郎面露难色，呱嘴道："唉，掌柜的大人大量，我怎能不知廉耻？还是见不着的好。"我说："这事又不怪你，主户和掌柜的都是明事理的人，就算生气也是生你爹的气，跟你不碍事的。今天潘术回来，你们好些时日没见了，不如你留下一起吃饭。我跟你说，颍州城可不比从前冷清了，到了夜里，整条街灯火通明，比庙会还亮堂，吃的玩的可多了。等吃过了饭，让潘术带着你在外头转转，省得你回去又挨揍。"

　　费二郎咧着嘴，脸颊上的瘀青几天了还未消去，想来是拿铁锤的下了狠手，当爹的敢砸，当儿子的敢接。费铁匠锤了几十年的顺手家伙，锤起铁器像模像样，锤起儿子来也得心应手。照这种锤法，只需再多一锤，费二郎就根本不必琢磨入赘丢祖宗脸面的事，而是应该思量陪哪个祖宗葬在一起。费二郎又是叹气："唉，我今天还是说进城换药才来此一趟，若是到晚上还不回去，我爹一定拎着铁锤进城来找我，我可就难活了。实话跟你说，我这往后挨揍的日子怕是不少，我正愁苦此事呢。"

我问："难不成还有想招你入赘的人家，排着队找你爹吗？"

费二郎苦笑道："那我也知足了。唉，你是不知，西市如今贩卖铁器的着实不少，论货论价，我爹打的那些东西很难比得过人家。我每日带来多少就得带回去多少，顶多卖掉一件两件，还是那不值钱的杂物件。我爹自是不承认他手艺不好，只会怪我偷懒，除了挨揍，我哪有别的下场？实不相瞒，我早就不想在西市卖货了，我打算和潘术一起跑马贩货。我盘算过，颍州产的木器、藤编、肉干和茶在本地卖一分利，在磁州可得十分；磁州锻造的精铁兵刃、铁锅菜刀、瓷器和陶土瓦罐在颍州卖价两倍都不止。而且颍州、磁州来去路上经过汴梁，见市采买，南北通途，本薄利大，比起在家打铁进城贩卖不知道要好上多少。我年轻力壮，正是走南闯北的时候，只是我既没有采买的本钱，也没有店铺门脸，苦啊，还得挨揍。"

我说："你既是已想好了，为何不找主户商议，让他借钱给你？"

费二郎捶胸顿足道："原本等潘术这趟回来，给主户挣了钱，我就想开口的。一是请他借些本钱给我们，二是请他劝劝我爹让我出门。结果这下别说借钱了，不把我家轰出清河庄就不错了。"

我挠头道："如此说来，是有些不妥。掌柜的那两天是很恼火，吓得我们伙计都绕着走，主户连着几天都没来酒楼呢。"

费二郎接着说："庄里人也都知道了，我都不敢在庄里瞎走动，见到徐管家都躲着。唉，我爹真是坑苦了我，他天天哪来的那么大火气？看谁都像要害他。我根本就不认得那什么小梨娘子，万家是干啥的我也不知道，我怎么就让费家祖宗蒙羞了？"

我转脸笑道："那万小娘子我见过，不说绝世美貌，放在颍州城那绝对是数一数二的千金小姐，配你是绰绰有余了。更何况万家家财万贯，多少富户公子想巴结都来不及，你一个打铁的汉子，比人家年纪大那么多，人家不嫌弃你给万家祖宗蒙羞就算啦，费老爹还反过来掀桌子。"

费二郎捂着脸，痛苦道："唉，谁说不是呢？童木匠见我都不叫二郎改叫二公子了，还给我作揖，说有失远迎不要锤他。唉，我怕是再也娶不到娘子了。不如你跟主户说说，让他做媒把那小梨娘子嫁给你得了。"

正说着，楼下一阵喧哗，我低头一看，高头大马开路，花木红绸的阔绰轿子正停在酒楼门口，轿子旁陪着五六个随从，全是蓝布白腰的壮小伙子。骑马的那人下马，把缰绳甩给近处的随从，走到轿旁行礼，小声询问了几句，便进了酒楼。我见祥来不在门口，便急匆匆跑下楼，正遇见客人。他头戴小帽，身穿绸衣，见到我问道："这里可是颍州第一楼御厨的场子？"

我手一指账台上挂的匾额，道："正是。敢问大官人有何吩咐？是吃酒还是摆宴？"

那人道："我是姚府的管家，我家主人新居颍州，听说你这里是天下最好的酒楼，特来品尝品尝御厨的手艺。"

我赶忙道:"大官人见笑了。敢问贵府主人何时过来?我预备好阁间和菜肴酒水。"

那人道:"我家主人刚到此地,水土不适,不能见风,此时正在酒楼外头的轿子里。你且让御厨做几道美食,我们带回府里便是。尽管做最好的菜,钱不在话下。"说罢伸手扔来一个布兜,我用手一摸,全是银块。换作以前,遇到大财主扔钱我必是头脚冒汗,但如今我也见多了有钱的富户,这些银两吓不住我。我捧着布兜笑嘻嘻道:"大官人这些赏钱足够摆一大桌了,请随我到后厨来,想吃什么随意吩咐。"

我带着管家到了后厨,和陈德公说了情形,陈德公张口说了几个菜名,管家听了,只说了句"全要"便回去了。陈德公笑道:"酒楼饭馆用银两倒是少见,估计是个做大宗买卖的。这种人不好惹,我得去灶上盯着,免得给东家惹祸。你去库房拿几个食盒来,要漆木带花边的,在厨口候着。"

我候了小半个时辰,菜肴酒水才准备妥当。那管家也不着急,一直在酒楼门口站着。我毕恭毕敬地将食盒交给轿子旁的随从,管家禀报道:"员外,御厨的酒菜已经拿到了。"轿子里回道:"真是有御厨坐镇吗?"管家又道:"是真有御厨,清河酒楼名声在外,连京师的老王爷都慕名来过,必然不敢作假。"轿子里道:"如此我便放心了。赏了伙计,速速回府吧。"管家扔给我几枚铜钱,翻身上马,喝了一声,轿夫也跟着喝了一声,平平稳稳地抬起轿子跟着管家出发。

我听得真切,急忙奔回二楼对费二郎喊道:"二郎,你猜那轿子里是谁?"

二郎迷迷糊糊像是刚睡了一觉,答道:"我哪会知道?难不成是

第十一回 | 老铁匠怒锤好姻缘 姚员外新居喜提亲

万小娘子的爹吗?"

我使劲拍他大腿,道:"说了你肯定不信,那轿子里是挑一担。"

"挑一担?"费二郎笑道,"你就是再给我两铁锤,把我眼珠子锤出来,我也不相信。"

我望着已走远的轿子,道:"我也不相信,方才我听轿子里的人说话,就是挑一担的声音。他往年来庄里叫卖,我听得最多,一听我便觉得是他。他起轿的时候我顺着轿帘瞅了一眼,打扮富贵了,人却还是那个模样。"

费二郎道:"你恐怕是瞎了眼,挑一担能发财,我爹打的镰刀就能卖一两金子一个,我还用得着在这发愁?"

"费二郎,你是替你爹来讨公道的吗?"

费二郎一听,两腿一软,扑通跪倒在地,回身一看,江掌柜在楼梯口瞪着他。费二郎顿时成了结巴,支支吾吾说不出话,胳膊上下左右摸不着东西,腿也站不起来,冒了一头汗才憋出两个字:"不是。"

江掌柜走近了,摸着费二郎的脸,啧啧道:"哎呀,你爹不光对外人敢掀桌子砸茶碗,对自己亲儿子也舍得卖力气呀。这脸上药了吗?伤到骨头没有?这要是治不好,你爹不能怨东家吧?"

费二郎缓过劲来,连声道:"不敢不敢,我、我今日……对,是来赔不是的。我爹性子莽……莽撞,辜负了主户的好意,还砸了掌柜的东西,实在是过意不……不去。"

江掌柜对我使了眼色,让我把费二郎拉起来,自己坐到旁边,拍着腿道:"你爹那人,着实匪夷所思,能教出你这脑瓜正常的儿子,也算不容易了。我看呀,你爹不应该叫费柴,应该叫费劲。说个亲事能把酒楼砸了，痛骂自己的东家，你爹算是千古第一人。"

费二郎低着头不敢言语，我也站在一边陪着。

江掌柜又说："且不论费家、万家般不般配，就算你和万小梨门当户对，东家是说亲做媒，又不是逼你就范，不愿意拒绝了便是，怎么在你爹耳朵里就成了羞辱门楣的丑事？就算入赘他听了上火来气，东家也只是转达万家的意思，要掀桌子他去万家掀，要砸东西他去万家砸，在酒楼撒什么野？就算他一时抽风，人也骂了，东西也砸了，桌子也掀了，你费二郎又不知情，怎么就回家先把你打一顿，锤成这样。哎呀，我这酒楼天天见客不下百人，还从未见过你爹这样脾气的人。"

费二郎羞臊得头快垂到肚脐眼了，我在一旁也浑身不对劲。那天我不在酒楼里忙活，只听说费老爹和贾主户进了驭马阁，不多时便掀了桌子，大骂贾主户仗势欺人。从驭马阁出来正撞见闻讯赶来的江掌柜，费老爹对着江掌柜又是一顿痛骂，夺过江掌柜手里的茶盘砸个粉碎。贾主户被茶水湿了满身，甚是狼狈。惊得当时在酒楼的食客纷纷议论，以为是仇家来杀人了。

江掌柜见费二郎鼻涕已挂得老长，道："罢了，二郎你也不必羞臊，头抬起来吧。此事不能怪你，你勤快守礼，孝顺懂事，是个好小伙，不然东家也不会给你做媒。只是可惜了一桩好姻缘哪，万小梨正是豆蔻年华，姿色绝伦，又懂得琴棋书画，你若是娶回家，真得当个宝贝供着。可惜你小子没这个艳福，东家前脚替你爹拒了万家，万家就把小梨许配给了颍州城新迁来的员外爷，据说是个年轻的阔绰商人，家产万亩，金银无数，刚在东城置办了新府宅子。我还寻思着改日登门拜访，日后红白喜事逢年过节，少不了酒楼的营生。"

第十一回 老铁匠怒锤好姻缘 姚员外新居喜提亲

我一愣,问道:"新来的员外爷是姚府吗?"

江掌柜也一愣,问道:"这你也知道了?"

我说:"刚刚来了一伙人,管家骑大马,主人坐轿子,来店里买了许多酒菜带着回府了,还给了一包银子。我见掌柜的你不在,全数交给陈德公了。"

江掌柜道:"出门用银两是游商的习惯,钱贯太笨重,不方便,金银珠宝好携带,果然是个大财主啊。既然姚员外已经来过,日后必还有来往,混儿你去东城认认姚府的门,看看在什么地方,走什么路。二郎,你今天是来等潘术的吧?他已经在后门卸货了,你快去吧,今晚留下吃饭,我那有汴梁赵太丞家药铺的跌打膏,太医局的御药最是管用,抹上三日,瘀青必消。"

费二郎给江掌柜鞠了一躬往后门去了,我也跟着下楼出门往东街走。挑一担在庄里闲聊时曾说过,他本就是颍州城东郊的村民,世代耕地为生,到他这一代,家里已不剩什么田地了,所以才出来走街串巷贩货为生,赚一些薄利的辛苦钱。怎么没过几年,摇身一变成了大财主,骑马坐轿,前呼后拥,好不气派威风。若是万小梨嫁给他,只要不是跟着四处贩货为生,倒也不比嫁给费二郎差。我边寻思边走路,顺着东街走了半趟,没见到姚府的门匾。西街改名之后,不少百姓在东街附近置换了宅子,人也多了起来,乍一过来走动反而感到人生地不熟。

我走着走着,一直来到聚颍楼门前。之前在食厨大会上交手后,聚颍楼和清河酒楼两家东家、掌柜的多有来往,我们两家的伙计也都认识。聚颍楼的小东家董世及正在门前招呼伙计修缮门板,拆下旧的,换上新的。我小跑过去给董世及行礼，问候道："给大东家请安啦，生意兴隆，财源滚滚。"董世及道："哟，这是第一楼的鲤哥儿，什么风给吹到东边来了？莫非是东家掌柜有什么吩咐？"我道："回大东家，小的来此寻户人家，地不熟悉，特来请教。大东家知道新搬来颍州的姚府大员外住在何处吗？"

董世及道："哎呀，你们掌柜的消息真是灵通，姚员外刚进颍州城你们就来找上门了，真是不给咱们小酒楼活路哟。"

我赶忙赔笑脸，道："大东家切莫误会。今日那姚府的管家到小店买了一些酒菜带回府里，也没带个食盒笼屉什么的，我便用酒楼的食盒给他装了。掌柜的回来骂我，命我把食盒要回来。我不知他府上在何处，在此转了半天，若是要不回食盒，掌柜的要罚我工钱的，求大东家救救我吧。"

董世及笑道："我说你们掌柜的也太小心眼，听说那姚员外金银无数，还能贪你几个食盒？罢了，你从此处向北，到葫芦巷拐弯，穿过去就到了。"

我连连拜谢道："多谢大东家。论起这颍州城里哪个东家对伙计好，大东家你是独一份。如此我定能找到这姚府了，只是……只是小的不懂规矩，怕说错了话惹祸，我再打听下，大东家你知道这姚员外是何许人吗？"

董世及沉吟道："说实话，我也不太清楚，也没见过，只是听人说是个年纪轻轻的大商人，买卖遍布中原，出手阔绰，这姚府的宅子也是新买的，其他的我就不知道了。"

我谢过董世及，顺着他指的路果然找到了挂着姚府门匾的宅子。

那宅子位于颍州城的东北角，靠着东岳寺的后墙，少有人走动，僻静平和。我上前去敲门，许久门开了一条缝，伸出一个头来问道："何人敲门？"

我赶忙道："我是清河酒楼的伙计，今日贵府管家在我店里买了些酒菜，说是给新居的员外爷品尝。掌柜的怕酒菜不合胃口，特差我来问问员外爷，下次好做得更顺口些。"

那人道："员外此时不便，若有吩咐会去你处，不必再来。"说罢便关了门，留我一人在门外看着。我听此人口音不像颍州本地人，也说不上来是哪里的口音，只好回了酒楼。适逢天色已晚，街上点起了灯，寒风吹得灯笼摇摇晃晃，街上行人走得匆忙，有的赶着回家，有的赶着去做买卖。三年前我坐着徐管家的马车初到颍州，路上行人也是走得匆忙，如今看来，只是因为我当时走得太慢，大角平日里太懒，走走停停惯了，让我觉得这世上的生活本就应该这样慢。

我回到酒楼的时候，一眼就望见万小梨躲在门柱子后面，她那身粉色的襦袄在夜色下依旧很醒目。万小梨瞧见我了，从柱子后跳出来，冲我嚷道："你总算回来了，可冻死我了。"我刚想说"正好今天费二郎也在酒楼，我带你去见见吧"，话没出口又觉得不妥。明明我已知道万小梨许配给他人，再和她提起费二郎多半会让人难堪。我只好说："你是跟你爹来吃酒吗？怎么在外头站着？"万小梨跳着脚说："我爹我娘去贤月楼赴宴了，我偷跑出来的，快给我点热水喝。"

祥来在一旁嘟哝道："你快带她进去吧，一来就说要找你，挡着我接客人呢，快走快走。"

我领着万小梨穿过前堂，在库房的门口搬了凳子给她坐，又去后堂沏了热水端来。万小梨缩手缩脚地捧着茶碗，对我说："你知道吗，我爹把我许配给姚员外了，东城刚搬来的。"

我说："我今天才知道，掌柜的骂二郎没有福气，娶不到宝贝娘子。"

"二郎？二公子来这里了吗？"

我一见自己说漏了嘴，只好交代："嗯，费二郎今天来酒楼，撞见掌柜的了，之前贾主户请他爹来说亲，他爹大闹了酒楼，掀桌子砸东西，回家还拿铁锤把二郎脸锤肿了。对了，掌柜的今天留他吃饭，此时应该在后厨呢，我去叫他过来。"

"别。"万小梨伸手拽住我，手里热水泼了满地，"叫他来做什么，反正他家又看不上我。"

当初叫我带她去看二郎的人，如今又叫我别带她看二郎，我有点不知所措，只好杵在一边站着。万小梨拽我的手越发没力气，松开胳膊，叹气道："没有福气，是他活该。"

我赶忙接道："就是就是，我刚才就是从姚府回来，那宅子可大了，听说这位姚员外是个年轻英俊的大财主，出门随身都带着金银不带钱串，你嫁给他肯定能享福哩，比费二郎强多啦。"

万小梨道："真的吗？你见过那姚员外了？"

我摇头，说："没见到，我这低贱的酒楼伙计，人家才不会见我呢。我只到了姚府门口，就在城东北角，你嫁过去，城门都不用出。"

万小梨眼泪啪嗒啪嗒顺着脸颊掉下来，道："城门都不用出？你才不知道呢。那姚员外和我爹商量好了，等过了年一开春，就带我回庆州成亲。你知道庆州在哪吗？"

我摇摇头。

万小梨干脆哭起来，嚷道："我也不知道，问了驿站的人才知道，庆州在西北，离这两千多里地，光在路上就要走一个半月。我长这么大，连城外十里都没去过，如今要跟一个不相识的人去两千里之外的地方生活，我害怕。"

来往的伙计见我陪着一个号哭的小娘子，有假装不敢看的，也有偷笑的，我没法子，先去打水洗了毛巾，递给万小梨擦脸。我问："东城的宅子不是新置办的吗？为何要去庆州成亲？"

万小梨瞪着眼，道："我方才说了，是我爹和姚员外商量好的。那姚员外是庆州人，在庆州长大，家里有宅地百亩，牛羊无数。他常年在中原行商，这是初次到颍州来，我爹喜欢得很，当下就答应了。姚员外许了丰厚的聘礼，抬了好几箱子来呢。"

我心想挑一担之前还去买过仙桥茶坊的笸箩，怎么就成了初次到颍州了。我说："你爹怎么盼着你嫁那么远，之前说要嫁去江南，现在又要去庆州。"

"因为……我爹说是怕我娘伤心，说他也舍不得我走。"

我说："既然是这样，那也是没有办法。你饿不饿？我给你端点吃的来。"

万小梨想了想，说："我想喝羊汤。"

我转身去后厨找陈德公要羊汤，正碰见酒楼开伙吃饭，几十个人围在后院里，有的趴在磨盘上，有的蹲在墙脚，费二郎有凳子坐，潘术蹲在他旁边。后厨的饭菜都是用大盆装满，齐齐摆在院中央的木桌上。每天这个时候是最热闹的，前堂遇见的新鲜事，后厨跟着笑话，徒弟吹捧师傅，伙计一唱一和。我站在后厨的门槛上，往前二十步是鼻青脸肿的费二郎，他笑得前仰后合，饭米粒喷出一丈远。往后二十步是锦衣玉钗的万小梨，她哭得梨花带雨，再多羊汤也盖不住两千里路途未卜的苦闷。这世上有人恼怒自己家世贫贱用铁锤追打亲生儿子，也有人把养了十几年的亲生女儿嫁去天边换来丰厚的聘礼，而他们原本可能成为一家人，或者说他们本就应该是一家人。

第十二回 吕知州旧录惊少年　城门官明刀挡花檐

万沪收了姚员外的聘礼，仙桥茶坊当即闭门谢客，就算是汴梁来的宫廷采买也一概没有供应。内务局的中贵人掐着腰在茶坊门口大骂万沪不识抬举，吓得坚守在门外的痴心学子拔腿就跑。万沪抚着内侍的手，当着围观百姓的面，老泪纵横地说："我万某人一介草民，世受皇恩浩荡，未敢一日不念报效大宋朝廷。我万某人一辈子没做过坏事，本分做人，薄利经商，不图富贵荣华，只求平平安安。咱们草民家家平安，大宋江山就平安哪。"百姓一阵叫好，中贵人深受感动，伸出双手也去抚摸万沪的手，两人的胳膊在袖筒里来来回回地问候。中贵人脸上的怒气越摸越轻，袖筒却越摸越沉。不多时，中贵人便垂手弯腰地称赞道："万东家实乃国之栋梁，为了官里能用上最好的筐箩，不惜日夜操劳鞠躬尽瘁，如今年事已高，的确不适宜再如此辛苦。"万沪陪着弯腰作揖道："何德何能，何德何能，中贵人慢走。"

仙桥茶坊真的关门了，不仅不卖那些抢手的筐箩盆盒，连祖传的茶粉也不卖了。万沪每天一早顺着清河遛鸟，有仰慕的邻居上前问安，万沪会晃着鸟笼子感叹："金山银山，在万某眼里也只是草灰朽木，钱算什么东西，人哪，得安贫乐道。"一时间，坊间传闻无数，有称万沪是筐箩金仙转世，就快回天庭赴任了；也有称万沪的祖宗托梦，命其少卖筐箩以续阳寿。最玄乎的是酒楼门口新来的算卦先生，虽目不能视，却能一口咬定万沪所做的并非人间的筐箩，而是万家宅子正好位于颍州城地脉财穴之上，万沪在家凿地三尺，用穴眼之气做出的金脉筐箩。那筐箩非同小可，每一根竹藤、每一个箩筐里都蕴含着颍州城的财气。所以万沪万贯家财，其实每个老百姓都应该分一份，当然也包括算卦先生自己。万沪之所以关门停工，都是因为他把不属于他的钱占为己有，耗尽了精力，如果再不赶紧把钱捐出来，很快万家一家子就都要变成女人了。

祥来在门口站得累了，跑去卦摊闲扯，只要说方才看见万大官人的胡须好像又少了几根，算卦先生必会拍着桌子大叫："他再不分钱就晚啦。"

万小梨后来又找过我一次，支支吾吾地说了一通莫名其妙的话，我听着糊涂，便偷空去问江掌柜。江掌柜说万小娘子没准是想请贾主户再去找他爹提亲，免了她远嫁两千里的劳顿。我听了直挠头，贾主户为此事已和万家没了来往，我一个小伙计怎么请得动他。江掌柜吩咐我去后厨择菜，他自己去找万小梨说话，从那之后，万小梨便再没来过酒楼。江掌柜说的不无道理，万家嫁女儿是万家的事，姚员外娶亲是姚家的事，里外里和别人没有半点关系，多管闲事是要遭报应的。

那几日我在酒楼伺候，时常走神发愣，把这桌的菜端去那桌，对要结账的客人说客官里边儿请。性躁的客人扇我巴掌，读过书的客人笑我是蠢驴，连上门化缘的和尚也说我印堂发黑两眼无神，只要给两个馒头三个素菜就替我念经驱邪。我脑中跳来跳去的都是万小梨跳来跳去的身影，举手投足、一颦一笑、发髻袖口，挥之不散。江掌柜见我神色不对总是惹祸，将我拎在账台边歇着。我从未有过如此苦闷，仿佛一口河泥堵在胸口，上不来下不去，浑身没力气却又坐不住。我时而恍惚，时而慌张，五官麻痹，四肢冰凉，我将沉重的头颅埋在手里，耳边就听见有伙计叫了声"东家来了"。

我从没有那样盼着贾主户来，灌了铁水般的双腿顿时跳了起来。我飞奔过去，扑通一声跪在他脚边正要说话，贾主户拽着我说："快去，衙门来人说吕知州找你，你快将我备好的东西一并送去，切记亲手送到，就说这是我们东家贾运的一点年礼。快去快去，还趴着做甚？"

我还没来得及吐露一个字，就被贾主户推出了酒楼，跟着衙役到了衙门。吕知州和孙主簿正在书案上翻阅书卷，那书卷堆积如山，翻起来还带着灰尘。孙主簿翻开一本案卷道："南城门瓮城年久失修，上个月刮大风，城墙石块脱落，砸伤两人。路过百姓群起救助，有请医馆郎中的，有买来热汤的，有通报衙门的，纷纷出钱出力，才保得二人性命。救助时,那二人躺在城门告示墙下,有围观百姓发现其与被通缉的江淮强盗图乐、图欢神似,经查,正是此二人,现已将其押在大牢等候发落。"吕知州道:"城门神显灵,明日我们去祭拜祭拜再行修缮。"孙主簿又翻开一本案卷道:"城西羊蹄巷刘梅璞举告清河宋街珍玩铺子东家西鹤辛贩卖假货,经查,西家铺子所卖的瓷器、古董、珍玩玉器确有大量假货,而刘梅璞买货时用的银元宝也是假的。现已将西家铺子和刘家宅子一并查封,等候发落。"吕知州道:"狗咬狗,两嘴毛,择日升堂吧。"

衙役将我带到了书案前,吕知州问道:"鲤哥儿,听孙凡说你来衙门找过我,有何事啊?"

我浑浑噩噩地答道:"万小梨要嫁去庆州了。"

吕知州听得一愣,捧着书卷和孙主簿对视,又问了一遍:"谁要嫁去青州了?"

我哭丧着脸说:"不是青州,是庆州,万小梨要嫁去庆州了,两千里地,她一个弱女子怎么经受得起?"

吕知州道:"你把我说糊涂了,你来衙门是找我报喜的?"

孙主簿道:"鲤哥儿说的是仙桥茶坊万家的千金万小梨吧,听说许配给了新居颍州的姚姓富商。"

吕知州笑道:"原来如此,莫不是鲤哥儿也对万小娘子有情意,魂不守舍害相思了?"

孙主簿见我脸颊如火烧,羞臊得说不出话,便对吕知州说:"年轻人,倒也不怪。那姚员外是庆州的大户,常年在中原行商,身价不菲,出手也豪阔。那万家自从做编织生意红火之后,也积攒了不少家产，万小梨是万沪的掌上明珠，自是想许配个达官显贵。父母之命明媒正娶，外人也说不得什么。鲤哥儿，想开点吧，回头让你们贾东家给你物色个娘子，好生过日子。"

我当即叫道："才不是什么庆州的大户，他就是东郊的村夫叫挑一担，早几年一直在乡间村头贩货，我们庄里的人都认得他。"

孙主簿道："这是哪里的话，鲤哥儿你可不能因妒生恨，乱说。"

我道："我才没有乱说，挑一担坐轿子去酒楼买酒，我听得真看得真，就是挑一担，什么祖籍庆州初到颖州都是骗人的。"

孙主簿又要说话，被吕知州拦住，对我说："若真如鲤哥儿所言，倒有几分蹊跷。庆州地处边关，近几年又起了不少战乱，富商大户躲还来不及，怎会往那里娶亲。鲤哥儿，你说你认得挑一担，那他认得你吗？"

我说："认得，我还跟他吵过架。"

吕知州道："孙凡，你差衙役去他家里，通报这姚员外一家来衙门登录人口名册……不，你亲自去一趟，务必把人请来。鲤哥儿，你随我暗中观察，先认清姚员外是不是你说的挑一担，此事不得作假，否则我拿你是问。"

孙凡道："姚家新居颖州，确是要登录名册，我这就去。"说罢领命去了，吕知州让我坐下，对我说："你去过书院了吗？"

我点点头，道："去过了，太公生前留话让我来找你，我才来衙门的。"

吕知州道："欧阳公惦记着你，是你小子的福气。他说你秉性善良，天资聪颖，做个酒楼伙计可惜了，让我安置你。我问你，读书你

第十二回　吕知州旧录惊少年　城门官明刀挡花檐

还读得吗？"

我说："读书我是读不得了，我老大不小了，光读书不干活，没饭吃。"

吕知州怒道："没饭吃，没饭吃，我看你的书都白读了。吃饭是为了读书，读书是为了吃饭吗？你有没有想过今后是做一辈子伙计，还是去做点什么事业？"

我摇摇头，说："没想过，我只会做伙计，还会放羊，除了这些我什么也不会，能做什么事业呢？"

吕知州道："罢了罢了，天下人若都像你，也算免了许多坏事。你回去告诉你们东家，说我有意留你在衙门做个差役，若是他愿意，你便先过来安顿，若是他不愿意，你偷空来告诉我。"

我点头答应，门外衙役进来说："禀报知州，孙主簿回来了，已经到衙门大门口了。"吕知州吩咐道："引他们去东司户房，鲤哥儿，我们速去。"

我跟着知州一路转到衙门大堂东司，躲在户房屏风后面。不多时，孙主簿与户房州丞进了房间，命姚家一行人等列队登录姓名和手印。挑一担从我眼前经过，与早几年相比，他体态胖了，衣着华贵了，脸上表情也丰富了许多。登录完毕，州丞领了他们离去，吕知州问我："你看好了，可有认错人？"

我斩钉截铁地答道："绝不会错，就是挑一担。"

孙主簿捧着名册道："姚秀，祖籍庆州府，熙宁五年初至颍州置宅，居城东北葫芦巷。"

吕知州面朝屏风，背着手沉思许久，道："此事非同小可，我立即书信一封，孙凡你即刻派人快马加鞭送往开封府，交给府尹元绛元厚之。另命巡捕房加派人手暗中盯住姚家和万家。再派人去东郊走访，查一下这个挑一担的来历。"

孙主簿领命，道："敢问知州是何事况，属下愿以死分忧。"

吕知州道："说来话长，四年前，西夏李谅祚七岁的儿子李秉常即位，自封惠宗皇帝。李秉常年幼，朝中军政由其母梁太后把持。当时，我朝官家也刚登基一年不到，为保我大宋河山，收复兴灵失地，宋夏边境常有征战。前年，西夏举兵入侵，朝廷命韩绛领兵应战，出师不利，去年更在庆州发生兵变。现如今西北战事艰难，而朝中却只顾着变法之争，形势堪危。我此次进京，听闻西夏军对我朝中行动了如指掌，必是有大量梁氏奸细渗入，不可掉以轻心。"

孙主簿说："这挑一担吃了熊心豹子胆，属下立刻去安排。"

吕知州又嘱咐道："切记不可打草惊蛇。"

孙主簿领命去了，吕知州又对我说："今日事你本应回避，念你也不是外人，当知此事要紧，对外不可透露一字。"

我忙着点头，把随身带的礼盒交给吕知州，说："这是我家东家让我带的年礼。"

吕知州接过礼盒掀开一条缝往里看了两眼，笑道："说起你们东家，我倒想起一件往事，你随我来。"

我跟着吕知州从大堂东司回到后院，走过绕弯的长廊，又穿过假山池塘，进到一间旧屋里。吕知州从木架上翻出一本书来递给我，那本书破烂陈旧，字迹潦草。我翻了几页，对吕知州说："我认不得。"

吕知州将书接过去放好，对我说："这是我偶然找到的一本旧录，是颍州府前任知州陆经的手记，里面记的都是他在颍州的琐事。这里面写到治平元年，时任朝中尚书的一个大官突然造访颍州府衙门，身着便服，孤身一人，面色疲倦。这个大官请陆经召见南郊一农庄的主户，命其安置庄上一名放羊倌在庄里的学馆读书，并供应六礼和一应学用。陆经觉得奇怪，以为这羊倌是这位大官的亲戚，不敢说实话，只好对农庄主谎称放羊倌是自己远房族人。那农庄主当然知道放羊倌不是陆经的族人，以为是陆经的私生子，时时以此为理由来衙门禀报，再索取经商便利。陆经无奈，在农庄主的生意中给了一些方便，本以为他会见好就收，不料却更坐实了他的猜测，让他觉得自己抓住了陆知州的把柄，越发肆无忌惮。熙宁二年，陆经离任颍州府，离任前将这个农庄主的贩货买卖全数封停，又罚了其一笔税款，算是彻底翻脸。"

我听得发愣，道："我怎么觉得这个事挺熟悉的？"

吕知州又道："那年，农庄主便将放羊倌从学堂带到了颍州，在他的酒楼里做伙计。"

我说:"这不就是我吗?"

吕知州道:"对,就是你。"

我说:"我一直以为是贾主户心善,让我读书,给我房住,给我生计,原来是有这番缘由。"

吕知州又道:"若不是因为你结识了欧阳公,他贾运贩货的买卖出不了颍州,酒楼的生意也熬不过厉颖儿的盘剥,颍州第一楼的牌号归谁都说不准。贾运在宋州和汴梁广结权贵,打的都是欧阳公挚交的旗号,你小子糊里糊涂助他赚了这般家业,说起来真算是他的福星了。"

我想起贾主户曾说过,我就是个做伙计的命,一辈子踏踏实实的就行了。我一直觉得自己是贾主户的累赘,白吃庄里的饭,白住卢家婆婆的屋子,白读薛先生的书,就连在酒楼跑伙计也不如祥来有力气。我羞于谈起身世,不敢抬头见人。如今我能有住处是贾主户赏的,有饭吃是陈德公给的,有衣穿是江掌柜和方童子送的,就连有人愿意和我说话,我也觉得是一种莫大的施舍。我从不敢想象这世上有谁会需要我,更别说拥有我是一件很重要的事。我脑中一团乱麻,分不清这是好事还是坏事,只觉得眼前恍恍惚惚,耳边轰轰隆隆,冥冥中好像祥来在我耳边说话。

"混儿,羊除了美味,还有什么用呢?"

吕知州见我发愣,缓不过神,便拍我肩膀,对我说:"此事你也不必放在心上,虽说贾运利用了你,却不能说是恶行,他赚来的钱财也算不到你头上。人哪,命里有定数,也有变数,是你的总会是你的,不是你的终将不是你的。做好自己分内之事,比整日想着博人同情要有用得多,懂了吗?"

我点点头，对吕知州说："我懂，就像那肖大官人从颍州豪夺了那么多钱财，但这些钱财本就不是他的，最后也要还给颍州。"

吕知州道："你倒是开窍。"

我心头的阴云散了大半，又问道："知州，有一件事我一直不明白，那肖大官人只手遮天，怎么就突然被你斩了呢？"

吕知州捋捋胡子，道："此事已过了数年，那年汴梁城星象异常，主星黯淡而群星飞旋，司天监上奏南方八百里之内有星君转世，此星君原本早该回归天庭，不知为何一直停留人间。官家问是哪位星君下凡，司天监奏说是北极星君。北极星君其实是一星七君，一星君为贪狼星君，主福缘，转世之人欲望强烈，对酒色财气贪得无厌，不孝不义；二星君为巨门星君，主言辞，转世之人巧舌善辩，溜须拍马无所不言；三星君为禄存星君，主官禄，民遇之可中举，士遇之可封相，天子遇之可江山永固；四星君为文曲星君，主文运，学识宽广，博闻通理，古籍记载，但凡文曲星君下凡，必登天子堂；五星君为廉贞星君，主姻缘，性烈，急躁难辨，世人多见疯癫；六星君为武曲星君，主财运，横财无数，金银自来；七星君为破军星君，主杀祸，为七星君中最凶之相，破军星下凡，生灵涂炭，刀兵四起。此番转世，七星君轮流掌控同一具凡胎，周而复始，此时星象异常，正是轮到破军星君出世。朝廷随后下旨，命开封府直领颍州府官兵，无须复审，立斩厉颖儿。所以，肖大官人不是被我斩的，我只是奉朝廷旨意行事，未曾出力，也并不知情。"

我听得云里雾里，问道："这么说，不是太公和知州你为民除害了？"

"对，只能说是他恶有恶报。"

我抓抓脑袋，嘀咕道："吕知州你记性真好，这么多星君你都能记下，陈德公跟我说了八遍菜名我都没记全。"

吕知州笑道："欧阳公说你秉性善良，你千万不能忘了。"

我说："知道了，善人不一定有善报，但恶人一定遭报应。我先回去了，知州，我想过了年再来衙门当差，行吗？"

吕知州答应了我，命衙役送我出衙门。我记得那天已经很冷了，寒风凛冽，街上的行人都顾不得抬头，裹紧了冬衣蜷缩着小跑。我沿着清河战战兢兢往酒楼去，家家户户挂灯闭门，快过年了。

我对贾主户说了吕知州要留我在衙门做杂役，贾主户喜出望外，责怪我不该推辞到年后再去。我只好说衙门要过了年才能登录名册，现在没有多余的住处。贾主户来来回回地在后堂踱步，心急火燎地吩咐江掌柜给我做新衣新鞋，吩咐徐管家去寻衙门老杂役来教我规矩，还表示就算我去了衙门当差，酒楼的工钱也照发。江掌柜直说我好福气，让我给贾主户磕头。从那天起，但凡酒楼里自己人吃饭，我都是和贾主户坐在一起。其他人要等贾主户先动筷子才能动手，而贾主户第一筷子总是夹菜到我碗里。

当然，我也不用再跑堂了，只要我在前堂抄起一块抹布，立马就有人来接过去擦桌子；我在后堂捡起一块木柴，立马就有人抢走送去灶台。我走到哪里都像是多余的，只好杵在那里，像根拴羊的木桩。我什么也不用干，却是伙计中吃得最好的。我不用从后院的大菜盆里捞食吃，会有人把我那份单独盛好。我还穿了明显不是伙计该穿的衣服，体体面面，像个公子。

那些日子，我时常坐在清河桥上，艳阳高照时，清河宋街是颍州最热闹的地方，清河酒楼的门口又是整条宋街最热闹的地方。来往商贩叫卖声接连四起，游街串巷的百姓兴致高涨，有手艺的人在街头支起招牌，以白沙在地上画个圈，就算是占了地盘。唱戏的、耍枪的、喷火的、变戏法的，无所不有，只要肯卖力气，技艺过人，看热闹的百姓中总有大把撒钱的主。那几日我见过的最奇异的莫过于幻戏骷髅婢。一个描眉画鬓的美貌妇人蜷坐在街头，怀中抱一婴儿，面前铺一黑皮毯，毯上放一布底大篓。妇人嘴中轻唱歌谣，那大篓竟会自己摇动起来。等到驻足围观的人多了，妇人一拍篓边，大篓里缓缓坐起一个骷髅架来，骷髅架手里拉着线，线头上还挂着一具小骷髅。小骷髅跳出大篓，能四下走动，更奇的是若有人扔钱来，小骷髅还会捡起铜板给扔钱的人磕头，再把钱送回篓里。一天下来，那篓里也装了许多钱，大小骷髅还能钻回去，由那妇人带走，一时间在颍州传为怪谈。只可惜耍骷髅的妇人只演了那一次便再没来过，也不知去了何方。

我坐在清河桥上，离酒楼门口不过数十步之遥。祥来就在我眼前招揽客人，他干这个活已经得心应手，对什么人卑躬屈膝，对什么人趾高气扬，只要瞄上一眼便能十拿九稳。祥来曾得意地跟我说过，半个颍州城的富户他都认得，姓什么，叫什么，做什么买卖，家里多少产业，他都了然于胸。只要将来他有出头之日，这些老相识自然会捧场、认交情，毕竟常见，毕竟熟络，毕竟见面都称兄道弟。祥来只要抬眼就能看见我坐在桥边台阶上，但他从不偷懒来找我搭话，就算是空闲时，他也只是慢悠悠地喝口水，望着酒楼的牌匾发呆。

那个除夕，我吃得最饱，穿得最暖，却不怎么觉得热闹喜庆。

熙宁六年的二月初十，颍州城响起了震天的锣鼓，挑一担要迎娶万小梨了。迎亲的队伍一早从东街南下，到南城墙后转向西，过西市，从宋街向北一路抵达仙桥茶坊。挑一担骑着高头大马，胸扎大红绸花，高领的锦衣红袍威风凛凛，只是脸上抹了粉、画了油脂，显得似人似妖。挑一担身后是四人抬的花檐子，花檐子一边是浓妆艳抹的跟亲媒婆，另一边是凶神恶煞的阴阳巫师。跟在花檐子后面的是两人一抬的十箱花礼，均使用厚实的木料打造。再后面是吹拉弹唱的十余人，家丁数十人，以及马车仆人老妈子等，走在街上如长龙一般，大红大绿，热闹非凡。我挤在看热闹的人群里，跟在挑一担的座驾后头，不停有丫鬟抛撒喜糖喜钱，引得百姓起哄争抢。

挑一担的迎亲队停在茶坊门口，茶坊大门紧闭。挑一担命家丁上前敲喜门，自己在门前唱道：

绫罗绸缎，我全都有。
金杯玉器，我有的是。
要我问装的是什么礼呀，
咚，咚咚，咚咚，
天仙女下凡送来的宝。

月嫦娥出嫁广寒玉钗，
吴刚爷砍树琉璃金斧，
太上老君不老仙丹呀，
咚，咚咚，咚咚，
王母娘娘银针亲刺的绣。

锦衣玉盏，酱醋盐油，
嫁给我姚秀不发愁，
快快敞开这挡我的门呀，
咚，咚咚，咚咚，
迎娶我娘子上花檐。

唱罢只见茶坊大门呼啦打开，跑出两排家丁分列两旁，万沪夫妇走了出来。挑一担见了立马跪下磕头，高叫："见过岳父大人，见过岳母大人。"万沪眯笑着上前道："我儿快起。"挑一担又道："敢问岳父大人，我家娘子现在何处？"万沪回身一挥手，茶坊管家高声叫道："吉时到，上花檐。"万小梨的大哥背着万小梨一路小跑将她送进花檐子，恭恭敬敬地递给轿夫喜礼。万小梨一身青玉色的礼服，满头金银凤钗，比起以往不知要美上多少。挑一担见万小梨已经入轿，又给万沪行礼，后退三步翻身上马，司礼高叫："起檐子。"两旁的丫鬟大把大把地撒钱撒糖，车马队转身起程，径直往西城门去了。

我浑浑噩噩地跟在人群里，全身都没力气，走了几步便被抢喜钱的百姓挤在了外头。我知道这是我这辈子最后一次见到万小梨了，等出了城门，她就要奔去两千里以外的庆州，从此生儿育女做那挑一担的娘子。娶亲的车马一路响到了城门口，挑一担的家丁早就提前去挨个给守城的兵士、衙役发放喜礼，等挑一担到了，管家上前送上通关的文书，城门官看了大手一挥："别敲了，下马。"

锣鼓乐声骤停，挑一担下马快步上前，从袖筒里摸出沉甸甸的布袋子，塞到城门官手里，行礼道："小的早已通报过州府衙门，求得通关文书娶亲回老家，还请官人放行。"

那城门官翻阅了文书，问："什么州府？"

挑一担道："颍州府。"

城门官笑道："颍州府的文书，与我开封府何干？"说罢抽出佩刀，大吼一声，"给我拿下。"话音刚落，从人群两侧突然跳出持刀的汉子，将娶亲的家丁仆从丫鬟神婆一并围住，全数赶到城门口聚成一团，守城的兵将也以迅雷不及掩耳之势把刀架在挑一担和管家脖子上。场面顿时乱成一团，原本指望来抢出城前最后一把喜钱的百姓抱头就逃，不少人在慌乱中摔倒，城门两侧的店家立即关了门窗，只留一小缝偷看。

城门官没有给挑一担喊冤的机会，直接把所有娶亲的人拴在一起押去衙门，包括惊慌失措的万小梨。我追到衙门口，被守卫挡在门外，又跑去茶坊，看见门上已经贴了封条。

只过了一夜，换上官服的城门官和吕知州一起押送着近百名囚犯，浩浩荡荡往北去了。一时间，整个颍州城街头巷尾都在议论官府当街抓人的事，对于挑一担的真实身份，有说是江洋大盗的，有说是变法一党的，众说纷纭。其中最惊慌的莫过于当年跪在茶坊门口求学拜师的年轻人，由于急着在万沪门前表现自己，恨不能每日高谈阔论，与万家攀亲带故。如今万家事发，这些年轻人的父母连夜收拾行李让儿子出去躲避。衙门的官兵向北，这些背着包袱的公子便向南，哭哭啼啼逃出城去。

贾主户也是心慌意乱，他与万沪谈不上交好，却常有往来，何况还帮万家说过亲事，对外也号称是亲密挚友，若是万沪嘴不严，又碰上个狠判官，株连获罪也并非不可能。贾主户急得夜不能寐，虚火攻心，一病不起，不敢躺在家里怕家人受牵连，只好在酒楼后宅清理出一间客房，每日躺着吃点稀粥，煎熬度日。生死攸关，贾主户也记不得催我去衙门做杂役了。我从他门口过，时常听见他在里面号叫，像是疯了一般。

当颍州城人人都在惶恐度日时，我只挂念一个人。

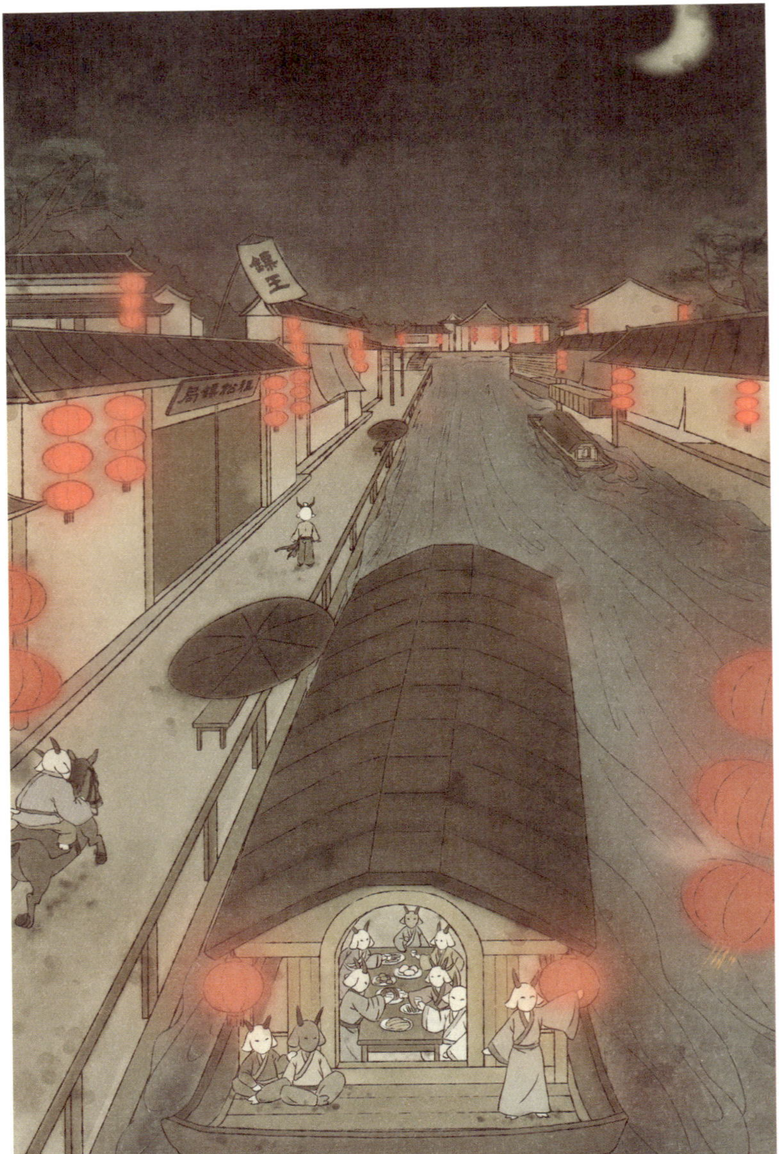
鏢王

第十三回 无功人受赏大功臣 清河夜尽唱清河声

我再见到吕知州时,春光大好,如同他脸上的神采一般。

吕知州在清河酒楼的前堂召见了我,捧着圣旨,当众宣读:"王善,举告有功,赏黄金千两,钱千贯,赐清河将军号。"

我跪下磕头,吕知州叫起我道:"鲤哥儿,你这回立了大功了。"

贾主户迎上前招呼道:"知州大驾光临,有失远迎,贾某略备薄酒,诸位楼上请。"

"不必了,东家。"吕知州回应道,"本官奉旨宣赏,即刻要回衙门。此番西夏梁氏奸细能全数剿灭,鲤哥儿当立首功,贵楼能出此朝廷之功臣,实乃光耀门楣之幸。"

贾主户道:"是是是,知州所言极是。鲤哥儿自幼在庄里长大,贾某视他如同亲儿一般,从未把他当作外人。"

吕知州道:"既是如此,鲤哥儿能立此大功,必然离不开东家悉心教导,当为天下人之楷模。"

贾主户禁不住连连作揖道:"实不敢,实不敢,能为朝廷效犬马之劳,是我等百姓梦寐以求之喜。"

吕知州道:"本官还有要事与鲤哥儿商议,请东家允他与我回衙门吧。"

贾主户道:"这……岂有不敢,岂有不敢,只是未能为知州接风,小店实在惭愧。"

"来日方长。"吕知州将圣旨交给我,"走吧,有许多事要和你讲。"

我随着知州穿过拥挤的人群,四下里全是异样的眼神和窃窃私语声,如同万小梨出嫁那天的街头一样。只是我没有那么多喜钱扔给他们,不能使他们喜笑颜开。我悄悄问同在马车里的孙主簿:"清河将军是几品?"孙主簿道:"无品。"我假装沉思道:"五品,那不是比县老爷还大吗?"孙主簿笑道:"不是五品,是无品,没有品。清河将军是皇帝赐给你的名号,不是品衔,也没有官给你做。"我舒了口气说:"那我倒还安心了,我哪会做什么官。"孙主簿道:"虽没有官衔,却已经让全天下人羡慕了。你有了这名号,除了皇帝、太后,见什么官都不用行大礼,像什么县令、判官、校尉、监丞,像我这小小的州府主簿,就是反过头给你行礼也不为过。除此之外,税赋徭役皆免,也不必寄人篱下了。"

我听得稀里糊涂,问道:"那我还能回酒楼跑堂吗?"

孙主簿大笑,指着我说:"你倒是愿意跑堂,谁敢让你伺候呀?官家御赐的清河将军给你端茶倒水,还要不要脑袋了?"

我听了不敢再说话,一路闭嘴直到衙门。吕知州领着我们到了后堂,对我说:"鲤哥儿,方才酒楼人多,我不便和你说,你听了切勿难过。"

我心头一震,脑中浮现出一个人的影子。

"万小梨一家,判发配沙门岛,你们此生绝不会再见了。"

吕知州字字如惊雷炸响在我耳边,我只觉天昏地暗、心绝眼花,连鼻息吐气都乱了分寸。孙主簿从身后抚我的背,让我勉强能站稳脚跟。我问:"沙门岛是什么地方?"

吕知州道:"沙门岛在登州海上,距岸六十余里,岛上皆是重罪流犯。自大宋开国以来,凡发配沙门岛者,未有活着回来的。你也不要再念着万小梨了,人有命数。"

我忍不住流泪啜泣,恨道:"她是无辜的,要是有罪也是她爹有罪。"

吕知州拉我坐下,与孙主簿分坐我两旁,又命下人送来茶水,道:"比起满门抄斩,发配已经是福气了。况且,就算朝廷法外开恩,她也是国贼之妾,一辈子只能为奴。"

我捧着茶碗不说话,孙主簿在一旁劝慰我:"鲤哥儿,你已是御笔亲赐的清河将军,将来荣华富贵,多少美娘子等着,何必想不开呢?"

我点点头,心里也跟着劝自己,原本我就觉得自己不配高攀万小梨,如今不管谁高攀谁不配,结果反正也没有变化。我定定神,道:"知州,你走了足足两个月了,快跟我说说吧,颍州城里都传疯了,说你抓了江洋大盗呢。"

吕知州道:"你且答应我再不去想那万小梨,我便细细说给你听。"

我只好说:"我听知州的,要我不想,我便不想。"

吕知州捋捋胡子,长叹一声,道:"此事还得从你那日来衙门找我说起。当日你说挑一担冒充庆州姚氏,刚在颍州置了宅第,又要娶亲回老家,我便怀疑他与西夏有所勾结。我请开封府派人到庆州当地查验,发现当地并无姚姓的大家,况且庆州数年来都是战地,有钱有势的富户逃都来不及,哪还会敲锣打鼓地回去。我在姚宅外派人监守,发现姚家人丁不多，平时也少有人出入，米面菜肉的消耗却不小，粗算下来，他们家七八个人要吃掉三四十人的伙食，岂不怪哉？由此我推断，姚宅里必藏有不可见人之徒，且定有地道通往城外。我一边让颍州府的衙役在城内游街，一边请开封府的巡捕着便服在城外秘密搜寻，果然在城北一僻静处发现一坑洞通往城内。为免打草惊蛇，开封府调来一小支护城军，以剿匪之名在距离坑洞半里之外的山坡上驻扎一演兵场，看住地道却不去挖掘。如此一来，姚宅里的奸贼生怕暴露，急于脱身，让挑一担娶亲便是唯一的法子。"

"那挑一担派人送来厚礼，请吕知州批准通关文牒，知州假意许诺他畅通无阻，让那伙贼子放心大胆地出城。"孙主簿在一旁道。

吕知州大笑："挑一担必以为我是贪赃枉法之徒，回去后果然大操大办起来，将一众人等乔装成娶亲的随从、仆人、锣鼓班子，结果被我们守株待兔，一网打尽。"

我又回想起娶亲当天，守城的城门官器宇轩昂，的确不像平日里蔫瓜泼皮般的城门官样子。我问："那之后呢？"

吕知州道："经开封府审讯，这伙人果然非同小可。西夏李秉常即位后，其母梁氏和其舅梁乙埋控制了朝局，这些年与我朝开战，西夏军之所以能胜多负少，多依赖潜入我大宋的奸细探听情报，献计献策。在这些奸细中，有一伙梁太后的心腹，奉命来中原寻回失窃的国宝。那国宝是梁太后受封时的祎衣，相传是白骆驼皮制成，乃不世的奇珍。李秉常登基时，宫中叛乱，祎衣失踪，梁氏顾及朝局不稳，不能大肆搜查，只能委任她的姘头罔萌讹的亲哥哥罔萌庞暗中搜索。罔萌庞寻了几年，寻到了颍州，打听白骆驼毛毡时遇到了挑一担，挑一担自告奋勇献上宝物，得了一大笔钱财。"

我插话道："那白毛毡我见过，挑一担去我们庄里贩货时叫卖过，古大娘说是羊毛毡，还骂了他一顿呢。"

吕知州道："祎衣流落途中被窃贼和黑市贩子割成了好几块，那挑一担从一毛贼手里买了这片祎衣，苦于卖不出去，一听说有外来的贩子求购，急不可待地去兜售。也不知是不是这小子运气好，那片毛毡真就是梁氏祎衣的一部分。罔萌庞许诺他找齐其余的祎衣便到西夏做宰相，挑一担动了心，从此以姚秀姚员外的身份与罔萌庞的奸细苟且掩藏。但剩下的祎衣始终没有着落。宋、夏战事紧张，西夏朝局动荡，梁氏命罔萌庞速回凉州复命。原本罔萌庞想杀掉挑一担，谁知道挑一担一心想着去西夏做宰相，又担心西夏女子丑陋，自己做主买了几个婢女，又谈了几门亲事。别家爹娘一听要外嫁都不同意，只有万沪不但愿意，还让挑一担娶亲越快越好、越远越好。挑一担就顺口说了他知道的最远的地方，庆州。此事在颍州城妇孺皆知，反倒让挑一担保住了性命。"

"这些年，潜伏我朝境内的西夏细作搜集了不少地图和珍宝，假装成娶亲队伍，一手有州府的通关文牒，一手有刀兵护卫，比起分头回西夏要稳妥得多。所以罔萌庞就顺水推舟，给挑一担操办了一场山呼海啸般的接亲阵仗，令人咂舌。"孙主簿接道。

"这些贼人都抓起来了吗？"我问。

"一个不漏，连带头的罔萌庞全部拿下。"吕知州道，"官家听闻，龙颜大悦，此事一扫连年战事不利之阴霾，扬我大宋国威。原本官家就曾许诺，有征讨西夏立首功者，封骠骑大将军领节度使。但你小子一无科名,二没做过官,官家思量再三,有些为难。但君无戏言,封你做个清河将军,也算莫大的恩赏了。"

"那我以后干什么去呢?孙主簿说我不能再去跑堂了。"我问。

吕知州大笑道:"清河将军自然不能跑堂做伙计。依我看,你先买个宅子,有个住处,再物色个贤惠娘子打理家事。朝廷赏你的钱还能剩下许多,置办田产,做点买卖,你自己做主就是。若是不明白,就问孙主簿,他是精明人,颍州衙门内外全靠他一人打理。"

孙主簿拉我过去,道:"知州所言极是,金千两折算下来也有万贯,颍州不比汴梁,万贯已是大财主了。鲤哥儿你也不必慌张,物色娘子的事倒不用着急。"孙主簿的眼珠子里满是柔善,原本我还不在意,他这么一安慰我倒又伤心起来。我问:"我想买哪里的宅子都行吗?"

孙主簿盯着我问道:"你是想买仙桥茶坊?"

我点点头,说:"我是想去看看,什么样的宅子能让当爹的那么狠心,要把女儿嫁得越远越好。"

"此事另有隐情,你坐下,我再和你说。"吕知州道,"今日不忙公务了,孙凡,去让膳房做些吃食酒水,我们与清河将军好生叙叙。"孙主簿领命,去门外呼唤衙役传话。

"鲤哥儿,仙桥茶坊这几年最好卖的东西,你知道吗?"吕知州问。

我说:"笸箩。"

吕知州道:"对。仙桥茶坊贩卖的笸箩,天下独有,自带奇香,其他的像什么大篓小篓、首饰盒子、藤席斗笠等编织物皆是如此神奇。别人家十文钱的箩子,仙桥茶坊能卖六十文,若是贩去汴梁更不下百文,连宫中内务也要来抢购,你知道这是为何吗?"

我摇摇头。

吕知州道："是因为万小梨。万小梨年幼时，有次内急，憋不住把尿撒在了工坊的桐油桶里。茶坊工匠不知情，便拿去用了，结果做出来笸箩和篓子异香扑鼻。万沪发现后潜心琢磨，用万小梨的尿调出一种特别的油料，用这种油料浸泡竹木藤条，做出来的编织物就是后来人人争抢的名贵宝贝。说来也离奇，这万小娘子天生异体，只有她的尿有这种奇效，换作别人的都不行。万沪自然拿万小梨当掌上明珠，在家里专门给她盖了屋子，辞了做茶做篓的工匠，只由他们夫妇、两个儿子动手做编织物，生怕秘方外泄。万沪的万贯家财就是这么来的。"

我说："那么多人来买，他们家不得累死。"

"所以奇货可居，物稀为贵，名气越大，万沪就越害怕。他害怕有朝一日他用尿制油的秘密被揭发，后果不堪设想。要知道宫里的娘娘拿他卖的藤盒装胭脂首饰，京中的权贵拿他卖的竹篓装衣物官帽，官衙州府各色人等拿他卖的笸箩装茶装米，他们要知道这是用尿泡出来的东西，万沪有一百个头也不够砍。"

"所以他就要把万小梨嫁到庆州去？"

"万沪本来想等万小梨长大了，再招个入赘的女婿，严加管教，死守秘方，一辈子就吃笸箩生财。不料万小梨去年来了月事，尿就不管用了，同样的配方做出来的笸箩不但没有异香，反而带着尿臊腥气。万家财路就此断了，万沪和他两个儿子商议，想趁名气还在，赶紧将万小梨嫁出去，换一笔彩礼，最好是给得起丰厚聘礼还能入赘在万家的。但寻了一圈，有钱的人家不愿入赘，愿意入赘的又都太穷。万沪心生一计，决定将万小梨远嫁，免得女儿年纪小，嘴不牢，透露了机

第十三回 无功人受赏大功臣　清河夜尽唱清河声

密惹祸上身。他只等着万小梨嫁走后，就举家搬迁，更名改姓过富贵日子。"

我说："我明白了，万沪是把小梨卖了，挑一担正合他心意，又远，又在交战地，说不定没到庆州就被西夏人打死了，他们一家也就不用搬迁了。"

吕知州点点头，道："万沪一家的确是这么想的，万小梨是个命苦的娘子。"

我说："知州，万家的宅子就卖给我吧，将来如果万小梨……不在了，我还能给她在家里立个灵位。"

孙主簿道："你虽没怎么读过书，却是重情重义。万家宅子原本不大，你要么再思量思量，挑一担的那个姚府清净又气派，明天我陪你去看看如何？"

我摇头道："我是清河将军，当然要住在清河边上。我一个人也住不了那么大，前些日子费二郎说他想和潘术一起做买卖，苦于没有门面，仙桥茶坊正好给他们用。我除了跑堂、放羊，什么也不会，去万家看看笸箩是怎么编的也行。往后怎么过，往后再说吧。"

孙主簿道："若是如此，下官倒有一议。不如就让鲤哥儿将朝廷赏赐全数置办成清河宋街的铺子门面，按现在的行情，也能买个十七八间。自从吕知州上任后，咱们颍州城是越来越热闹了，宋街的买卖也越来越红火。鲤哥儿将来就算自己不做买卖，光靠收租也够生计。"

吕知州思索再三，点头称道："也好，怎么说也是颍州城的百姓，比被汴梁的富商占去了强。鲤哥儿，你就听孙主簿的话，按他说的去

221

办吧。"

我又问:"知州,年前你要我来衙门做杂役,我还做得么?"

吕知州道:"你已是颍州城数一数二的富贵员外,还做什么衙门杂役。当年欧阳公托付我顾全你生计,如今我也算有个交代了。"

衙役进门禀报酒菜已准备妥当,吕知州当即拉我和孙主簿去旁厅饮宴。这一宴一直吃到亥时过半,我执意要回酒楼去,出来时已夜色深沉。离午夜已不足半个时辰,清河两岸却仍是灯火通明。北口码头到了夜里空出大块地方,全被酒贩瓦肆占了去。在此停泊船只的水工,白日搬货赚到钱的旱工,花着小钱喝得酩酊大醉,唱戏演角的要不停地敲锣将他们惊醒,再找他们要钱听曲儿。整个码头散发着鱼腥味,那些不上秤的糟坏鱼虾只要下了油锅进了瓦罐,便又能香气四溢,拿来卖钱。但凡腰里有个十文钱的铜板,随意坐下吆喝伙计来伺候,心里也不会发虚。这一晚喝着热汤,饮着小酿,以此慰劳自己一天的辛苦。

我顺着码头向南走,再过一个巷口就是仙桥茶坊,数月前这里还是颍州城里的热闹地点。白驹过隙,只是一眨眼的工夫,就已人去楼空。仙桥茶坊的招牌底下,衙门的封条贴了许多道,应该是怕寒风凛冽吹散了去,再过几日,这封条就功成身退了,仙桥茶坊也会被人淡忘,慢慢地随着清河水流向天边,再不回来了。

我跟着清河里的游船晃荡着,船里聚着一群年轻后生,正叽叽喳喳地对对子。一人说:"河上舟,舟中人,人不动,身已远。"又一人说:"月下影,影旁灯,灯未明,楼亦近。"一众人等便齐声叫好。那些人与我差不多岁数,多半是某个书院的学子。这个时辰还在街上取乐,是颍州城里读书人的风雅趣事。荡舟游船花费低廉,人人只需

第十三回　无功人受赏大功臣　清河夜尽唱清河声

从家里要来几文钱便能凑齐，若是谁家公子发慈悲再偷一壶酒出来，这一晚就能作出一二十首诗。游船缓慢，岸上时不时有一两匹快马疾驰而过，这是有钱人家的公子出来玩了。跑在前头的是公子，跑在后头的是贴身的家丁。夜里跑马讲究眼疾手快，既要骑术高明，又要马儿精良，非寻常人家所能伺候得起。宋街两边的小店最爱夜里跑马的公子，这些公子跑得快活了，停在谁家门口吃些酒食，买些点心，随手扔几百赏钱也是常事。

我边走边逛，回到酒楼门口时，那里还挂着通明的大灯笼。我远远地见到祥来的身影，在门口一闪便进去了。我推开门，酒楼大堂里华灯透亮，齐刷刷几十口人站在里头，离我最近的是贾主户、陈德公、江掌柜和徐管家，再往后是酒楼的徒工、伙计、杂役，再往后是清河庄的费铁匠、费二郎、古大娘、童木匠和薛先生等一众乡亲，他们朝着刚进门的我作揖行礼，说道："恭迎清河将军回家。"

我看傻了，愣在那里，不知该如何答话。贾主户上前，依旧是弓着背，道："将军，今日一听得天大的喜讯，我便招来庄里的亲人在此等候，给将军庆贺，酒菜已备好多时，请将军入席。"

我只好说："我在衙门已经吃过了，我不是什么将军，我是混儿啊。"

贾主户呵呵一笑，他后头一众人等也跟着呵呵一笑。贾主户道："知州亲自来宣旨，还能有假？若是吃过了也不妨事，与大伙喝上一杯，我们都很想念你呀。"

说话间酒菜已送上桌，全是酒楼最好的菜。贾主户拉我坐在正位，对大伙说："将军在咱们庄里长大，又在咱们酒楼生活，实在是咱们祖上积德。将军在上,将来必保佑咱们平安吉祥,大伙敬将军一杯。"众人斟满举杯一饮而尽,我也跟着喝完这一口羊羔酒。

贾主户又举起一杯,道:"当年,也是四月,我家姑母从清河抱来一婴儿,我一看这婴儿面相,就知道其将来必成大器,便让姑母好生在庄里养育。如今十几年过去了,果不其然,乃我大宋清河大将军也。幸甚,幸甚呀。"

薛先生也跟着举起一杯,附和道:"主户所言极是,将军自幼便不同寻常,可谓天资聪颖、悟慧难得,乃有星宿下凡之相。在薛某学堂读书时,举一反三、一日千里,是不世出的人才呀。"

徐管家也举起一杯,道:"将军从小就不同于旁人,可谓聪慧机敏、好学灵通,我是看着将军长大的,就如同我那三哥儿一样。"

古大娘道:"徐官人拿鲤哥儿与你三公子比,三公子都考上科名了,也没见你打过他呀,也没见你让他去河边放羊呀。"

徐管家脸涨得通红,举着酒杯喝也不是不喝也不是,嘴里结结巴巴地说不出一句整话来。童木匠接话道:"古婆子你净说风凉话,鲤哥儿吃穿不都是徐管家悉心安排的嘛,倒不见你给过一碗粥。真是不耕田倒说米难吃,不打井反怪下雨迟。"

古大娘被童木匠说得难堪,指着他道:"你倒是给过饭吃,给过衣穿?主户把卢婆子的宅子给鲤哥儿住,你瞧你那寒碜相,就像从你家扒过去似的。"

两人越吵越凶,贾主户慌忙过去劝架。费二郎跑过来,举着小盏说:"混儿……不,将军,你现在是将军了,以后怕是不能来找你玩了,我请你喝一杯,将来若是要买铁器,派人来招呼便是,我让我爹好生给你锻打。"

我说："二郎你别这么叫我,我有好事对你说呢。过几日那仙桥茶坊的铺子就是我的了,你若是想和潘术做买卖,便拿去用吧。"

费二郎瞪大了眼睛,使劲晃着脑袋,道："我这是做梦呢,竟有这样的好事?"

我说："我还能骗你不成。"

费二郎顾不得手中的酒盏,一个箭步把潘术拽过来,将我原话照说了一遍,潘术也兴奋异常,连连对我行礼致谢。费二郎回了自己的座位,眉飞色舞地对费铁匠说了一通,费铁匠沉思许久,端着酒盏过来对我说:"我费家向来不欠别人的,你是将军,我也没办法,小儿不成器,我这做老子的只能来敬酒了。"

我说："我喝不下了,再喝就要醉了。"

费铁匠把胳膊一收,道："既是如此,是你不喝,可不是我不敬你。"

费铁匠转身走了,江掌柜拉我坐下,夹菜到我碗里,笑呵呵道："以后你可要常来,酒楼就是要有贵人来往,气才旺,闲时闷了就来坐坐,路过累了就来歇歇,我干了一辈子酒楼,大富大贵见得多了,你是有大福之相的人呀。"

我说："我定会想念陈德公做的菜的。"

江掌柜拿胳膊使劲捅陈德公,扭头说:"将军要你给他做吃的呢。"

陈德公笑道："那还不方便,想吃什么我给你做。"

我绕过江掌柜对陈德公说:"陈德公,我还想跟你学做菜呢。"

陈德公继续笑,道："做菜那是下人干的活,你莫要学了,回头我教你宫里是如何点茶的，汴梁的公子都爱这个呢。"

"有理有理。"贾主户那边劝好了架，回到我边上，"我那里刚好有一套上乘的官窑茶盏，在我那也是闲置着，这下正好用上了。"说罢，贾主户凑到我耳边，满口酒气地冲着我耳朵小声说，"将军，我方才故意说的四月，其实是十月，将来若是有人来认亲做你爹娘，说四月生你，被逼无奈放你在清河上漂荡，你可千万别上当呀，我这都是为了你好。"

我听了竟不知该如何答话，甚至不知是该笑还是该哭，贾主户都醉成这样了，心里却还惦记着我，怕我被不怀好意之人惦记，着实让我五味杂陈。我本就吃不下酒菜了，只好干坐在那里等人轮番来捧我，他们倒也不逼我喝酒，说完了话自己一饮而尽，再退回自己座位。他们估计是等我等得太久，饿了一整天，一阵风卷残云，有的吃饱了歇着，有的醉倒了趴着，也没人再来找我了。我借着尿急晕乎乎地跑到二楼，这里安静，离灯笼也近，祥来一个人靠在栏杆边，也不知醉了没有。我走过去打趣道："就你没找我喝酒了。"祥来瞟了我一眼，道："你以为他们是来敬你的吗？他们敬的不过是你怀里的圣旨罢了，你要不是清河将军，还是跑堂伙计，这些人躲你躲得远远的。"

刹那间我又觉得脸上羞臊不已，男女老少对我歌功颂德，一时间让我忘乎所以。祥来皱着眉头杵在我边上，面色冷峻，让我惶恐不安。我只好说："我知道，你和他们不一样，他们不过是套近乎。"

祥来冷笑，鼻息中带着无限的鄙夷，道："你发达了，你们清河庄里淘粪的叫花子都说你的粪比别人肥田，不外乎想从你这捞点名利。我虽然穷，却不志短，你若怪我不敬你酒要苛责于我，随便就是。"

我连忙道："怎么会苛责于你，我知道，我不过是他们眼中一只羊罢了。我有用时，自然来捧我，我若没用，谁也不会多看我一眼。"

祥来眼珠子一转，嘀嘀咕咕了几遍："一只羊，一只羊，这个说法倒是新鲜。"

我笑道："这不是你对我说的么，原来你都忘了。"

祥来恍然大悟道："不曾忘，不曾忘，我说的时候便是这个意思，就如今天一样。你是一只羊，我也是一只羊，你现在是朝廷看中的羊，膘肥体壮，吃了能长命百岁；我是那田间瘦羊，只能看门叫唤，将来老死了也吃不到几口肉。说白了，是什么羊不打紧，打紧的是它有什么用，你说是吗？"

我连忙说："是是是，祥来你总是说得有理，让我学到许多。"

祥来对着清河长叹一声："这样的机会恐怕也不会有了，换作别人，也学不到你这样仔细。将来，你可别忘了我。"

那一晚的酒宴，是我在清河酒楼吃过的最盛大的一顿饭，吃到最后，贾主户抱着我号啕大哭，徐管家拼命在一旁让我认贾主户为义父。我只好醉话呢喃，拽着费二郎粗壮的胳膊，钻到酒桌下面睡去了。贾主户狠拍着桌子，徐管家狠拍着桌子，江掌柜狠拍着桌子，许多人狠拍着桌子，仿佛那桌子是陈德公的铁锅一样，一声一声传出酒楼，飘荡在清河之上。

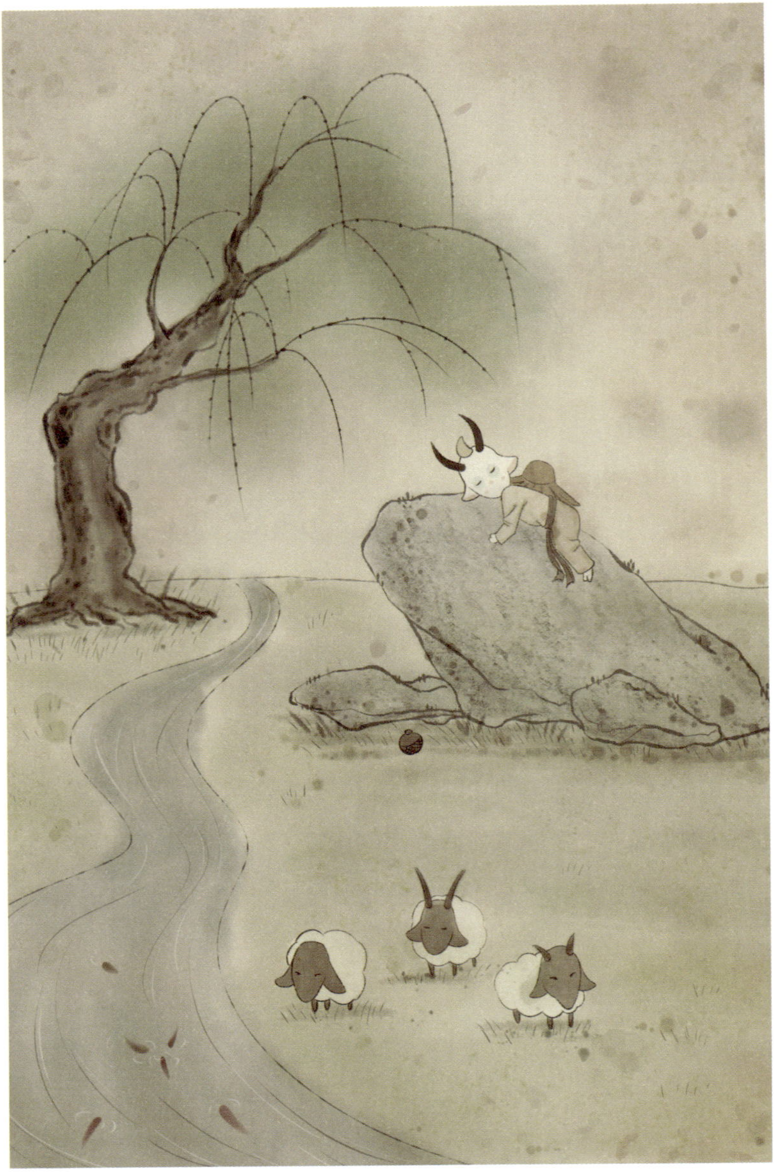

特别感谢

孙俊伟 先生

特别感谢

阜阳市历史文化研究会